ルーク様!?

アカネ
「いざ、切腹っ！」
illustration／イセ川ヤスタカ

「このまま生き恥を晒《さら》すくらいなら、
自ら命を絶つでござる！

万能「村づくり」チートでお手軽スローライフ

万能「村づくり」チートで
お手軽スローライフ

vol.6

KUZUSHICHIO
ILL.ISEGAWA YASUTAKA

物紹介

ルーク

主人公。
アルベイル侯爵の息子で
前世の記憶を持つ。

セレン

ルークの元婚約者。
氷剣姫という二つ名を持つ。
ルークが大好き。

ミリア

ルークのメイド。
追放されたルークに付き従った。
ルークのことが……

登場人

フィリア

エルフの戦士長。
族長の娘でもあり、村のあるものに嵌まっている。

ドーラ

魔境の山脈に棲息するドラゴン。
幼い少女へと人化できる。
村にもよく来る。

マリベル

砂漠の国、エンバラ王国の女王。
ギフト『戦乙女』を持つ。

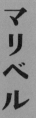

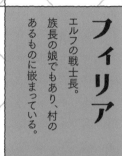

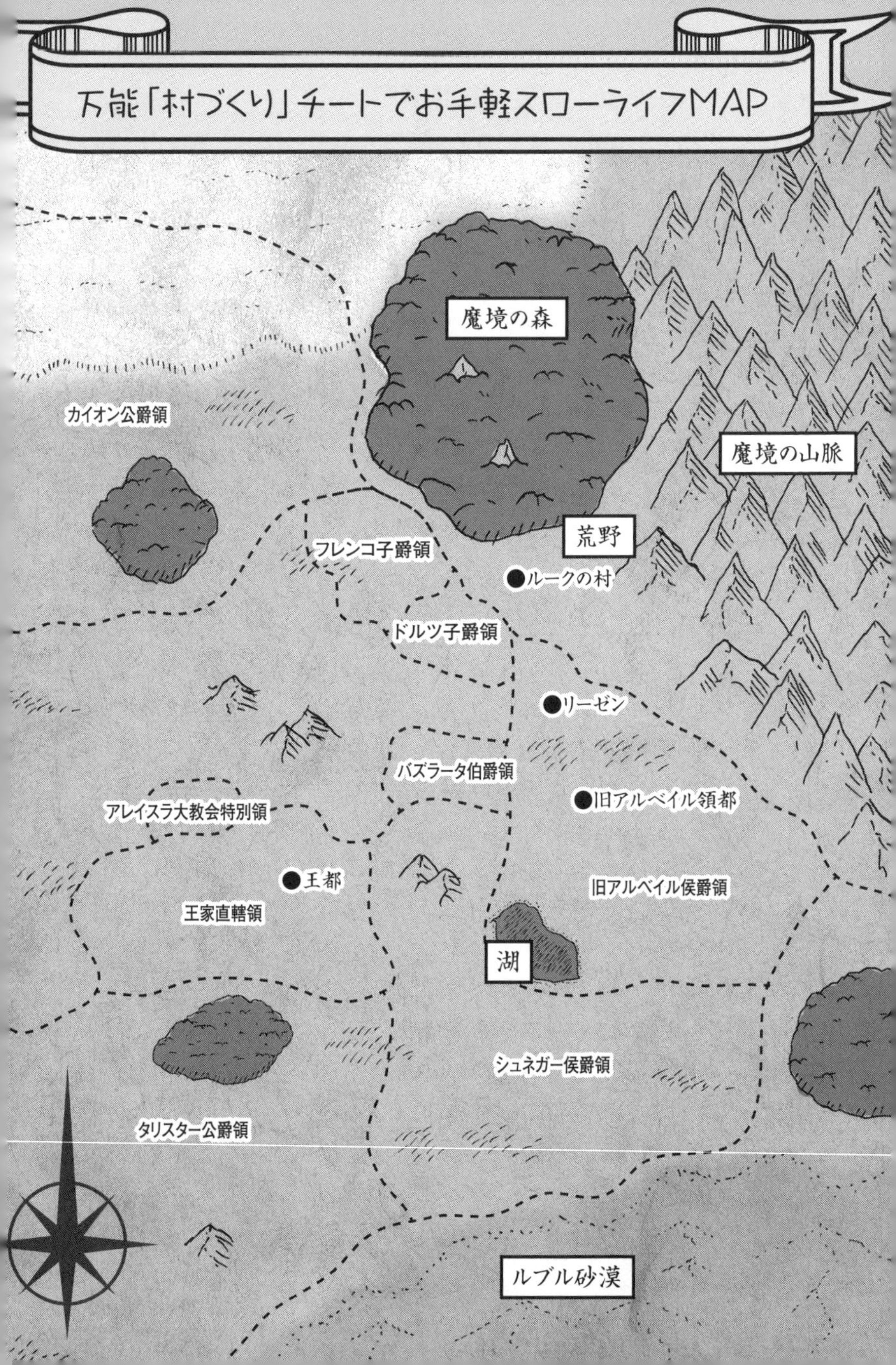
万能「村づくり」チートでお手軽スローライフMAP
魔境の森
カイオン公爵領
魔境の山脈
荒野
フレンコ子爵領
ルークの村
ドルツ子爵領
リーゼン
バズラータ伯爵領
旧アルベイル領都
アレイスラ大教会特別領
王都
旧アルベイル侯爵領
王家直轄領
湖
シュネガー侯爵領
タリスター公爵領
ルブル砂漠

世界地図

獣人族の領域
ルークの村
ローダ王国
セルティア王国
エドウ
キョウ
スペル王国
アテリ
王国
ゴバルード
共和国
オオサク
メトーレ
王国
バルステ王国
帝国が征服した領域
クランゼール帝国

前巻までのあらすじ

異世界へ転生し、侯爵家に生まれたルークは謎のギフト『村づくり』を授かってしまう。
しかも、弟のラウルが強力なギフト『剣聖技』を授かり完全に立場が逆転、
父親のアルベイル侯爵によって、十二歳の彼は領都から追放されてしまった。
不毛の荒野へと辿り着いたルークだったが、
そこで謎のギフト『村づくり』が発動、あっという間に村を作ってしまう。
この小さな村で細々と暮らしていこう。
そう思っていたのだが――
村人が増え、どんどんギフトのレベルが上がり『村づくり』も進化していく。
気づけば高層建築が立ち並び、最高の美食と暮らし心地、数多くの美女と文化、
そして最強の軍事力を誇る「村」と化していた……！
「いや、これもう村じゃないよね？　僕のスローライフどこいった…？」
そしてルーク達は、南のバルステ王国からの侵略を防衛し、教会を大改革し、
ドラゴンのドーラとも仲良くなって、砂漠のエンバラ王国のお家騒動も解決する！
彼らの快進撃は続くのだった。

もくじ

プロローグ

「はぁ、はぁ、はぁ……」

一人の旅人が息を荒らげていた。

若い女性だ。長い黒髪を頭の後ろで一本に結び、独特な鎧《よろい》を身に着けている。

その手には緩やかに湾曲した細身の剣。刀身に付着した大量の血は、周囲に転がる無数の魔物のものだろう。

しかしその代償か、彼女自身もボロボロだった。

そもそもここは、魔境として恐れられる広大な山脈地帯。過酷な自然環境に加え、危険な魔物が多数棲息しており、まともな人間であれば、単身で立ち入ろうなどとはまず考えない。

「あと少し……あと少しで、西側が見えてくるはず……この山脈の、単身踏破……今まで、誰も成し得たことがない偉業を……打ち立てることが、できる……」

彼女はどうやらまともな人間ではないらしい。なにせたった一人で、この魔境を越えようとしているのである。

だがこの山脈の中心を縦断する、ひと際高い尾根へと差し掛かったときだった。

「っ……しまっ……」

足を滑らし、登っていた崖から転落してしまう。

岩壁に幾度となくぶつかりながら落ち、十数メートルほど下方でどうにか停止した。

「ぐっ……足が……」

激突の度に受け身を取ったようで、彼女は生きていた。

しかし足を痛めたらしく、もはや立ち上がることすらままならない。

そんな彼女に追い打ちをかけるように、空から巨大な影が降ってきた。

「……ドラゴン」

地道に崖を登っていくしかできない彼女と違い、翼を広げて悠々と空を舞うその姿に、一瞬見入ってしまったが、それがこちらに向かってきていることに気づいてハッとする。

「グルァァァァァァァァッ!!」

「無念……これまで、か……。しかし、我が一生に悔いはなし！　このままドラゴンに喰われて果てるのならば、むしろ本望……っ！」

剣を構えることもできず、死を覚悟する彼女へ、鋭い牙が迫った。

「………む？」

ドラゴンに丸呑みされるとばかり思っていたが、そうはならなかった。なぜかその口に咥《くわ》えられ、そのまま一緒に大空へと舞い上がっていたのだ。

「食うつもりは、ない……？　いや……」

巣に持ち帰ってゆっくり食べようとしている可能性もある。

いずれにしても、もはや彼女に為す術《すべ》などない。ただ大人しく、ドラゴンに運ばれていくしかないのだった。

第一章　やっぱり自重ができない村人たち

「ルーク殿、驚くべきことが判明したのじゃっ！」

その日、レオニヌスさんが慌てた様子で僕のところへやってきた。

彼はエルフたちの元族長だ。実は奥さんが何十年かぶりに妊娠し、もうすぐ赤ちゃんが生まれてくる頃だったりする。

「ええと？　もしかして赤ちゃんの性別？」

「生まれる前に性別が分かるはずありませぬぞ！　ビヒモスの素材のことに決まっております！」

「ビヒモスの？」

砂漠で倒した巨大なゾウの魔物、ビヒモス。

その死体を村に持ち帰って、どうにか解体したのだけれど、臓器素材をエルフたちに渡しておいたのである。

彼らエルフは、ポーションなどの薬を作り出すことに長《た》けており、何かに活《い》かせるのではないかと思ったからだ。

「利用する前に、どのような性質を持っているのか、詳しく調べておったのじゃが……その結果、信じがたい性質が分かったのですぞ」

「そ、それは一体どんな……？」

「詳しくは工房でお話ししますぞ！」

というわけで、エルフたちのポーション工房へ。僕のギフトで作った施設の一つだ。

〈工房：美術や工芸、鍛冶、服飾などに使える仕事場。アイデア力、器用さ、品質アップ〉

「ルーク殿、ご覧くだされ。これがビヒモスの臓器の一部ですじゃ」

そう言って、実験用の台の上に置かれた肉片を示すレオニヌスさん。

「そしてこっちにもう一つ。実はこの二つの肉片は、元々隣り合う箇所にあったものなのじゃが、こうして近づけていくと……分かりますかな？」

「あっ……動いてる!?」

レオニヌスさんが用意した二つの肉片。

それを近づけてみると、なんと肉片同士がまるで磁石のように引き寄せられ始めたのだ。

「今は分かりやすく近づけてみたのじゃが、実は離れていても、少しずつ近づいていく性質を持っているようでしての」

「ということは、放置していたらそのうち勝手にくっ付いちゃうってこと？」

「その通りですじゃ。いずれ各部位が融合して、元のビヒモスの姿に再生してしまうと考えられますぞ」

　バラバラに解体してしまえば、さすがに復活は難しいと思っていたけれど、どうやらそうではないらしい。なんて恐ろしい魔物なのだろう。

「分かったのはそれだけではないですぞ」

　そして何を思ったか、レオニヌスさんはどこからともなく取り出したハンマーを振り上げると、肉片の一つへと振り下ろした。

　ぐしゃっ、と肉片が潰れる音がする。

　ハンマーをのけると、そこにはぺちゃんこになった肉片があった。

「こんな風にハンマーで潰した肉片も、ずっと置いておくと、少しずつ再生し、元の肉片に戻ってしまうのですじゃ。さらにこれに、ポーションを振りかけて、と」

　レオニヌスさんがエルフ印のポーションを肉片にかける。

　すると見る見るうちに、潰れた肉片が元通りになってしまった。

　これは通常、あり得ない現象だ。仮に死んだ魔物の素材を破壊し、それにポーションをかけたとしても、素材が元通りになるようなことはない。

　ポーションは、すでに死んでしまったものには効かないからだ。ましてや本体から分離した肉片のみを、再生させるなど不可能である。

「ということは、この肉片が、単体でも生きてるってこと……？」

「その通りですじゃ。しかし本当に面白いのは、ここからなのですぞ」

「えっ、まだ何かあるの？」

今度はハンマーで潰すのではなく、片方の肉片を火で炙《あぶ》り、完全に燃やし尽くしてしまった。

「こうすると、たとえポーションをかけたところで……」

炭となったそれに、レオニヌスさんがポーションをかける。すると先ほどと違って、肉片が元通りになることはなかった。

どうやらここまですると、さすがに再生は難しいらしい。

「しかしじゃ、こっちの残った肉片。これにポーションをかけると」

「まさか……」

残された肉片にポーションを注ぐと、ゆっくりと膨張していき、二倍ほどの大きさになったところで膨張が止まった。

「ご覧くだされ。ちょうど先ほどの肉片を二つ、ぴったり合わせたようなサイズになったでしょう？　実はこれ、偶然ではないのですぞ」

「もしかして、隣り合う肉片が失われたのを感知して、こっちの肉片がその分を再生させたってこと……？」

「左様ですぞ。一方、この性質を利用すると、ビヒモスの素材を無限に生産し続けることが可能なのですじゃ」

「なるほど」

もちろん肉や臓器だけでなく、骨や皮も同様の性質を持つらしい。つまり少しでも再生できる部位が残っている限り、ビヒモスは何度でも復活できるってことになる。

「そしてこの臓器素材なのですが、なんとあのエリクサーの精製にも利用できることが分かったのですぞ！」

「えっ？」

エリクサーは伝説の霊薬だ。

身体の欠損どころか、生まれつきの障害や病気すら治療してしまうという代物《しろもの》で、前に一度エルフたちが偶然ながら完成させたのだけれど、これを狙って戦争が起きかねないからとこの工房の関係者以外への口外を禁止していたのである。

「確か、製法は分かるけど、大量の素材がいるから量産はできないって言ってたけど……」

「それが、このビヒモスの素材を使えば、もっと簡単にできて、しかも量産すらできてしまうのですじゃ！」

「量産できる……」

数が少ないからこそ争奪戦になるわけで、大量生産が可能になるなら、逆に戦争は起こらないかも……？

「って、余計な火種は起こさない方がいいよね」

「なぁに、ルーク殿！　仮にどこかの国が攻めてきたところで、今のこの村ならば軽く返り討ちにできますぞ！」

「もしかして量産したがってない？」

ジト目を向けると、レオニヌスさんはゆっくりと視線を逸《そ》らした。

「ダメだよ？　まぁ百歩譲って作るのは別に構わないけど……数は制限して、もちろん外に持ち出したりしないようにね」

「了解ですじゃ（エリクサー、量産して大々的に売り出したい……量産して大々的に売り出したい……量産して大々的に売り出したい……ハアハア）」

「なんか息荒いけど本当かな!?　ちゃんと自重《じちょう》してよね!?」


エルフたちに臓器素材を預ける一方で、鍛冶を得意とするドワーフたちには、骨や皮などの素材を渡していた。

「ルーク村長、あのビヒモスの素材で、凄い武器が作れるようになったべ！」

ドワーフたちのリーダーであるドランさんが、興奮で鼻息を荒くしながら教えてくれる。

「なんと、壊れても時間が経てば自己修復されるだ！」

ビヒモス素材を材料にして作った武具に、どうやら自己修復の性質が付与されてしまったらしい。

ダンジョン内に設けられた彼らの鍛冶工房へと連れてこられた僕は、『兵器職人』のギフトを持つ小柄なドワーフの少女、ドナからその武器を紹介される。

「ん、この剣」

「見た目はごく普通の剣だね」

「壊す」

ドナは相変わらずの無表情でそう呟くと、台の上に置かれたその剣に、巨大なハンマーを振り下ろした。ドワーフだからか、見かけによらず腕力がある。

バキッ、と大きな音が鳴って、刀身が真っ二つに折れてしまった。

「普通ならもう修復も難しい状態だべ。だけど、これをずっと置いておくと……」

といっても、すぐに元通りになるわけではないようで、しばらく待ってみても、まったく変化がない。

「ん、丸一日はかかる」

「時間はかかるけど、すごいからぜひ見ていてほしいべ！」

もしかして丸一日、ここで観察してろってこと？　うーん、さすがにそんなに暇じゃないし、影武者に任せようかな……。

とそこで、僕はあることを思いついた。

「……えーと、ポーションでもかけてみる？」

いや、さすがにポーションで修復が早まるなんてことはないだろう。

「でも、物は試しって言うしね」

折れた剣に、ポーションを振りかけると信じられないことが起こった。

「なんか剣が動き出した!?」

「しゅ、修復が早まってるべ!?」

「びっくり」

何の力も加えていないのに、折れた上半分と下半分が勝手に近づいていき、そうしてぴったりと合わさる。

そのまま観察を続けていると、切れ目が段々と塞《ふさ》がっていき、やがて元の刀身が復活していた。

「え？　どういうこと？　ポーションは生き物にしか効かないはず……つまり、この剣、生きてるってこと……？」

どうやらとんでもない剣が誕生してしまったみたいだ。

「ん、そうなる。たぶん、植物とかに近い感じ」

「なるほど、植物か……」

植物にもポーションが効く。傷をつけた幹などにかけると修復されるのだ。

そこで僕は、ふと疑問を抱く。

「ていうか、どこまで生き物として判定されるのかな……？　苔《こけ》とか、細菌とか、ウイルスとか……微生物って生物だっけ？」

「さいきん？　ういるす？」

僕の呟きに、ドナが首を傾げている。

まぁ、細菌やウイルスなんて言われても分からないよね。

「この素材、魔剣にも使える」

「た、確かに使えそうだべ！　きっと魔剣の最大の欠点を解消できるだ！」

「魔剣の欠点？」

魔剣というのは、振るうだけで魔法を放つことができる特殊な剣である。

伝説の武器とされていたけれど、以前、ドナがまったくのゼロから作り出してしまったのだ。

「ん。魔剣は、何度も使い続けていると、壊れてしまう」

「へえ、そうなんだ」

どうやら強力な反面、大きな弱点があったらしい。

「でも、自己修復できる性質が付与されたら、いったん壊れてもまた使えるってこと……？」

「ん。というわけで、作ってみた」

無表情のまま「じゃーん」と言って、どこに隠し持っていたのか、新しい剣を掲げるドナ。

「もう作ってたべ!?　いつの間に!?」

「村長に見せたかった」

すでにビヒモスの素材を利用した魔剣を作っていたようだ。

見た目はやはり普通の剣とあまり変わらない。

「実験する。まずは、壊れるまで使う」

用意されていた的に向かってドナが魔剣を振るうと、直径二メートルを超える巨大な炎塊が猛スピードで飛んでいく。

直撃と共に激しく爆発し、周囲に火の雨が降り注いだ。吹きつける熱風に、僕は思わず腕で顔を覆う。

「って、なんか前に見せてもらったときより威力がめちゃくちゃ上がってない!?」

「ん、改良したから。ただ、余計に壊れやすい」

それからさらに四回、魔剣を使用したら、刀身に罅《ひび》が入った。

……それにしても、さっきから何度も炎が直撃してるあの的、まったくの無傷なんだけど、一体どんな材質でできてるんだろう……？

「たぶん、あと五回くらいで壊れる」

そして九回目で、大きな亀裂が入ったかと思うと、ちょうど十回目で粉々に砕け散ってしまう。

「壊れた。この威力だと、十回前後が限界」

「このまま置いて待つのもいいけど、またポーションを使ってみよっか」

できるだけ破片をくっ付けてから、ポーションを振りかけてみる。

すると少しずつ破片と破片が繋《つな》がり始め、段々と元の綺麗な刀身へと戻っていく。

ものの五分もすれば、いったん砕けてしまったとは思えないくらい、元通りになってしまった。

「ん、戻った。後は、ちゃんと使えるかどうか」

魔剣を持ち上げ、再び振るうドナ。

すると先ほどまでと変わらない巨大な炎塊が、的に向かって飛んでいった。

「使えた！　完璧。これで何度でもいける」

興奮しているようで、ドナは珍しく高いテンションで拳を握りしめる。

……この村に、また恐ろしい武器ができてしまった瞬間である。

「それにしても、すごく熱いね……」

工房内の一角で実験していて、何度も炎を炸裂させたせいで気温が猛烈に上がっていた。

ドランさんやドナは普段から鍛冶作業で慣れているのか、涼しげな顔をしているけど。

「じゃあ、冷やす？」

そう言って、ドナが別の魔剣を振るう。

すると凄まじい吹雪《ふぶき》が発生し、一帯が一瞬にして凍り付いてしまった。

「冷えた？」

「……炎も吹雪も、こんなに手軽に……やっぱり表には出しちゃいけない武器だね……。別に作るのは構わないけど、できるだけ数は制限してね？　もちろん売ったりするのもダメだよ」

「ん、了解（魔剣、いっぱい作りたい……いっぱい作りたい……いっぱい作りたい……ハァハァ）」

「なんか息が荒いけど、本当に大丈夫……？　ちゃんと自重してよね？」


「それにしても、また増えたなぁ」

村の一角に設けられた、畜産用の広大な農地。家畜小屋と放牧場からなるそこには、多くの家畜が暮らしていた。

〈家畜小屋：家畜専用の小屋。家畜たちの成長促進、健康維持、繁殖力強化、強力消臭〉

〈公園：村人たちの憩いや遊びのための区域。村人たちの健康維持、愛村心アップ〉

ちなみに放牧場は、公園を転用させている。

「というか……家畜じゃない動物もいっぱい交じってるけどね」

「あ、ルーク村長、お疲れ様っす！」

「お疲れ様、ネルル」

ネルルは『動物の心』というギフトを持つ女性で、ここの管理を任せていた。

もちろん彼女だけだと労働力がまったく足りないので、サポートのための飼育員もたくさんいる。

「随分と色んな動物が増えちゃってるよね？」

「そうなんっす！　たぶんもう、五十種は超えてるっす！」

当初は牛や鶏、羊、馬といった、一般的な家畜しかいなかったここに、今ではたくさんの種類の動物が暮らしていた。

例えば犬や猫、猿、ウサギ、キツネ、タヌキ、クマ、シカ、などなど。

家畜には向かない動物も多く、もはやペットとして飼われているような状態だ。

何でこんなことになったのかというと、ここで生まれた動物たちが軒並み巨大になるのを面白がって、商人たちが勝手に動物を連れてきて、ネルルに預けてしまったせいだった。

無論、ここで育った動物たちは、どれもこれも通常よりも遥かに巨大だ。

「だって猫がトラで、猿はゴリラみたいだし……」

クマなんてもはや全長十メートルに迫る勢いで、完全に魔物である。

村に連れてこられたときはまだ小さな子熊だったのが、ここまで成長してしまったのだ。

「他の動物を襲ったりしないの？」

「しないっすよ！　とっても良い子っすから！」

そう言って、ネルルはクマのお腹に抱き着く。

「そうそう、おいらがしっかり躾《しつ》けてるからな！」

とそこへ、自信満々に現れたのは小柄な青年だ。

いかにも素朴な印象を受ける坊主頭の彼の名は、ハッセン。カイオン公爵領出身で、この村の噂を聞きつけて移住してきた一人である。

「動物たちはみんな、ハッセンの言うことを聞いてくれるっす！」

「祝福で授かったギフトのお陰だぜ！」

彼はこの村に来て、『調教』というギフトを手に入れた。

元々動物が好きだったという彼は、その力を活かして、ここで働いているというわけだ。

ちなみに、『調教』というだけで、対象が動物に特定されているわけじゃない。

なので、もしかしたら人間も調教できるのかもしれないけれど……試したことはなかった。

「（念のため言わないでおこう。本人は動物専用と思ってるみたいだし……）」

「ハッセン、村長にあれを見せてあげるっす！」

「おおっ！　そうだな！」

思案する僕を余所《よそ》に、ネルルとハッセンが何やら声を掛け合っている。

何をするんだろうと思っていると、ハッセンが口笛を吹いた。

すると放牧場のあちこちに散らばっていた動物たちが、一斉に集まってくる。そうして綺麗に整列してしまった。

「え、軍隊みたいに真っ直ぐ並んでる……」

「まずは犬たちからだ！」

さらにハッセンが合図をする度に、巨大な犬たちが座ったり立ち上がったり伏せたりする。

「すごい……」

「これくらい、まだまだ序の口っす！」

「他の動物たちも行くぜ！」

芸を仕込むにしても、犬ならまだ分かる。けれど、ハッセンの合図を受けて、牛や鶏、猫やウサギまでもが、芸を披露し始めたのだ。

二匹の猿が回すロープで縄跳びをしたり、ヘディングでボールを落とさずに回したり、組体操で四段ピラミッドを作ったり。

しまいには鳴き声でメロディーを奏でてしまった。

さすがギフトの力……。これ、ショーにして余裕でお金を取れるレベルだよ。

いっそのこと、動物園を作っちゃおうか。そして定期的に動物たちのショーを開催すれば、村の新たな名所になりそうだ。

「水辺の生き物たちにも仕込んでるっす！」

「村長、ぜひそっちも見ていってくれよ！」

……もしかしたら水族館も作れるかもしれない。

放牧場内にある水辺。水堀をカスタマイズして作ったそこには、いつの間にかたくさんの生き物が棲息していた。

〈水堀：敵の侵入を防ぐための溝《みぞ》。水が張られているタイプ。形状の選択が可能〉

「イルカに亀、それにペンギンまでいる……どこから連れてきたんだろ？」

もちろんどれも通常の大きさじゃない。

イルカというかもう完全にクジラだし、亀は甲羅だけで全長三メートルくらいあった。

ペンギンは僕とそんなに変わらないサイズ。さらに水堀の中を悠々と泳いでいる魚たちは、どれもこれも軽く全長一メートルを超えている。

「イルカにも芸を仕込んだんだぜ！　犬と同じくらい賢いからびっくりすると思うな！」

ハッセンが合図すると、巨大イルカが猛スピードで水上へと跳ね上がった。

「うわあああああっ!?」

いきなりの大ジャンプに圧倒され、僕は思わず叫んでしまう。

イルカはゆうに三メートルほど宙を舞った後、思い切り水に飛び込んだ。

ざばあああああんっ！

猛烈な水飛沫《しぶき》が上がり、横殴りの雨のように降り注ぐ。

「……びしゃびしゃになっちゃった」

「ははは！　どう!?　凄いだろう!?」

「いつ見ても大迫力っす！」

自分たちも濡《ぬ》れ鼠《ねずみ》になっているのに、ハッセンとネルルは大興奮だ。

まぁ、冬だったら風邪ひいちゃうだろうけど、最近かなり暑くなってきていて、むしろ気持ちいいくらいである。

その後、この畜産用農地に併設する形で、動物園を設立。色んな動物たちによるショーも定期的に開催され、村人たちの間で大人気に。

やがてこの動物園を目当てにした観光客まで訪れるようになり、新しい村の名所になったのだった。


村の畑の一角に存在するちょっとした林。

ごく普通の林のようにも見えるけれど、よくよく観察していると、自然にはあり得ない現象が起こっていることがすぐに分かる。

なにせ木々が自由自在に動いているのだ。

「つーちゃんの子供たちも大きくなったっす！」

ネルルが言う「つーちゃん」というのは、かつて魔境の森からこの村にやってきたツリードラゴンのことだ。

ドラゴンの形状をしているけれど、トレントという樹木の魔物の一種で、どういうわけか、すっかりここの畑に居ついてしまったのである。

そのツリードラゴンが畑に実を落とし、そこから生まれてきた子供たちが、さすがにまだ親木ほどではないけれど、いつの間にか立派な木々に成長していた。

結果、畑が林のようになってしまったのだ。

すべてツリードラゴンなので、この林ごと移動することができる。翌日いきなり別の場所に移っていたりすることもあって、村に来たばかりの人をよく驚かせていた。

そんなツリードラゴンの林だけれど、最近は子供たちの遊び場になっている。

「「わ〜〜〜いっ！」」

「「やっほ〜〜っ！」」

ツリードラゴンの枝に座っての回転ブランコや、幹を利用した滑り台。

枝葉を集めたハンモックに寝たり、根っこで作られた秘密基地に隠れたり、アスレチックのように枝から枝へと飛び移って遊んでいる子供もいる。

幹や枝を自在に動かせるため、いつ来ても少しずつ様相を変えてしまうこの林は、子供たちにとって格好の遊び場なのだろう。

「一応、魔物なんだけどね？」

「大丈夫っすよ！　つーちゃんたちも子供が好きみたいっすから！　むしろ怪我したりしないよう見ててくれてるっす！」

とそのとき、高いところから一人の子供がいきなり飛び降りた。

危ない!?　と思った次の瞬間、ツリードラゴンが枝を伸ばす。

その枝をキャッチした子供は、そこからぐるりと大車輪を決めると、その勢いのまま手を放す。

再び空を舞った子供は、空中でぐるぐる回転してから、葉っぱが集まってできたクッションの上に着地した。

「僕もやりたい！」

「わたしもわたしも！」

「おれもおれも！　村長、見ててよ！」

他の子供たちが一斉に声を上げる。

最初の子供だけかと思っていたら、どの子供も負けず劣らずの空中演技（？）を披露してくれたのだった。

……中にはまだ五歳くらいの子供もいたのに、空中で二回転もしていた。

「いや、子供たちの身体能力、おかしくない……？」

どうやらこの林で自由奔放に遊んでいると、子供離れした身体能力を身に着けてしまうらしい。


国内のみならず、周辺国との交流も盛んになり、最近ますますこの村を訪れる人たちが増えてきた。各地に敷いた鉄道網もあって、行き来が簡単になったしね。

そしてその中には、世界各地を旅しているような冒険者パーティも少なくない。

彼らの目当てはもちろん、我が村にあるダンジョンだ。

「ルークのお陰で、ダンジョンポイントが使い切れないくらい貯まってるんですケド！」

そのダンジョンの主である妖精のアリーが、鼻息を荒くして言う。

「だから最近は、まず誰も気づかないだろうっていう場所に、ほとんど趣味みたいな隠しエリアをいっぱい作ってるんですケド！」

彼女が自由気ままに作った隠しエリアを幾つか見せてもらったのだけれど、床一面がずっと針山になっていて「これどうやって進むんだ？」というようなエリアや、直径一メートルサイズの人が通るには狭い穴が延々と続いているようなエリアなど、どれもこれも挑戦者の顰蹙《ひんしゅく》を買うようなものばかりだった。

ダンジョンマスターなのに、アリーにはダンジョンをデザインするセンスが皆無なのだ。

なのでいつも僕が一緒に考えてあげている。

「まぁ、人がほとんど入らないところならいいと思うよ」

ともあれ、今では五十階層を超えるような巨大ダンジョンとなっていた。僕たちが見つけたときはたったの二階層しかなかったのにね。

「冒険者たちが言うには、こんな広大なダンジョン、今まで見たことないってさ」

「ふふん！　ダンジョンマスターとして、その言葉はすごく嬉しいんですケド！」

ちなみに現状の最高到達階層は、アレクさんたちのパーティが記録した四十二階層——ではなく。

ゴリちゃんを臨時の助っ人として組み入れた、セレン率いる狩猟隊の面々が記録した五十階層である。

普段はそれほどダンジョンに挑戦しているわけではないセレンたちに抜かれて、アレクさんたち随分と悔しがってたっけ。

このダンジョンに挑んでいるのは、何も冒険者たちだけじゃない。セレンたち狩猟隊や村の衛兵たちの訓練場所としても利用されている。

最近では、周辺領地の領兵たちが訓練に来たりもしているし、ラウルが指導している国軍が来ることもあった。

さらには、ごく普通の村人たちも。


「おい、見ろよ。あのご婦人たち、恐らく噂の……」

「まさか、冒険者でもないのに、このダンジョンの三十階層にまで到達したっていう？」

「ああ、見た感じ、井戸端会議をしにきた婦人たちにしか見えないがな」

「しかし四人しかいないな？　五人組だって聞いていたが」

「一人は産休に入ったらしいぜ」

「「産休……」」

ダンジョン入り口前の広場で、冒険者たちの注目を浴びているパーティがいた。

この村の婦人たちばかりで結成された、五人組のパーティ『婦人会』だ（ただし一人は産休中）。

「せっかく戦えるギフトを貰ったんだから、活用しないと損よね」

そう主張するのは、パーティのリーダーを務めるバーバラさんだ。

二男一女の母だけれど、『大剣技』のギフトを持ち、今は背中に巨大な剣を担いでいる。

「ほんとほんと。幸いダンジョンはすぐ近くだし、パート感覚でいけちゃうわ」

ダンジョン攻略をパート感覚と評したのは、『黄魔法』のギフトを持つポランさん。

一男三女の母である彼女は、石を弾丸のごとく飛ばし、魔物の額をぶち抜くのを得意としているらしい。

「今日の夕ご飯、何にしようかしらねぇ」

夕食のことに頭を悩ませているのは『暗殺』のギフトを有し、二人の息子さんの母であるアメリアさんだ。

気配を消して魔物に近づき、その急所を突いて簡単に仕留めてしまうという。

「ねぇねぇ、知ってる？　メリアさんちの息子さん。まだ十歳なのに、もう彼女がいるんだって。その彼女っていうのがね、なんと――」

と、楽しそうに世間話を始めたのは、『保管庫』のギフトを授かったベーネさん。

三人の娘さんがいる彼女は、物資を異空間に保管しておけるらしく、エルフ印のポーションなどを大量にダンジョン内に持ち込むことができるそうだ。

ちなみに最後の一人は、『盾技』のギフトを持つハンナさん。現在、三人目を妊娠中の彼女は、そのギフト通りパーティの盾役らしい。

……とまぁそんな感じで、パーティ『婦人会』はその全員が強力なギフト持ちなのである。

「行くわよ、みんな。今は盾役がいないから、ほどほどに頑張るわよ」

「「「お～～っ！」」」

第二章　ハラキリの侍娘

「ルークよ！　こやつはきっとお主らの仲間じゃろう！」

ある日、ドーラが何かを抱えて村にやってきた。

見た目こそ幼女だが、彼女の正体は人化したドラゴンだ。東の山脈地帯に住んでいるのだけれど、この村のワイバーン料理の虜《とりこ》になって以来、頻繁に遊びに来ている。

「え？　それって……人じゃない？」

普段はワイバーンを捕まえて持ってきてくれるのに、彼女が運んできたのは若い女性だった。

もしかしたらまだ少女と言ってもいい年齢かもしれない。

気を失っているようで、さっきからピクリとも動かない。よく見ると酷い怪我をしているし、顔が真っ青だ。

「というか、生きてる……？」

「分からぬ。見つけたときは間違いなく生きておったがの」

僕は慌ててポーションを振りかける。

エルフ印のポーションなら、よっぽどの重傷じゃない限り回復できるはずだ。それでも無理なときはハイポーションを使えばいい。……死んでいない限りは。

ポーションをかけてしばらくすると、段々と顔色がよくなっていった。傷も癒えていく。

死んでいたらポーションは効かないので、どうやらまだ生きているみたいだ。

「わらわの巣の近くで見つけたから、持ってきてやったのじゃ！」

「巣の近くで？　見たところ、うちの村人じゃなさそうだけど……」

褒めて褒めてとばかりに主張するドーラだけれど、あまり見たことのない顔だ。

といっても、村人の数が増えまくっていて、さすがに全員の顔を覚えているわけじゃない。

「あ、そうだ。鑑定してみたら分かるんだった。……うん、できないみたい」

少なくとも村人ではないみたいだ。

ただ、一度はこの村を訪れたことがあるはずだ。あの山脈に挑むのに、村に立ち寄らないなんてまずあり得ないだろうし。

「それにしても、なんだか変わった装備だね？」

一般的な鎧とは違う、不思議なデザインをしている。

ただ、何となく懐かしさを感じるような感じないような……？

「とりあえずソファにでも寝かせてあげよう」

いま僕たちがいるのは宮殿の最上階にあるルーフバルコニーだ。ドーラがこの村に来るときには、空から直接この場所に降り立つことも多かった。

ドーラにそのままリビングのソファまで運んでもらうことに。……人化していても、彼女の方が僕よりずっと腕力があるのだ。

「誰よ、それ？　見たことない女ね？」

リビングで寛《くつろ》いでいたセレンが、怪訝《けげん》そうに訊いてくる。

「ドーラが山脈で拾ってきたんだ」

「拾ってきた……？」

さらにそこへフィリアさんがやってくる。エルフの元族長レオニヌスさんの娘である彼女は、この最上階のすぐ下のフロアに住んでいた。

「む？　その御仁、あまり見かけぬ顔だな。客人か？　しかしこの特徴的な甲冑《かっちゅう》……もしや東国のサムライではないか？」

「サムライ？」

「うむ。あの魔境の山脈を越えた先。そこにはサムライと呼ばれる戦士たちが住む国が存在しているのだ」

「へえ」

彼女は長く生きているだけあって物知りだ。昔、世界中を旅したことがあるというし。

そのフィリアさんによれば、あの大山脈と広大な砂漠に遮られているせいで、東国には独自の文化が発達しているという。

　この少し変わったデザインの鎧も、その一つらしい。

「彼らが扱う剣は〝刀〟とも呼ばれていて、片刃になっている。優秀な鍛冶師も多く、その切れ味は凄まじい」

「片刃の剣なんて、珍しいわね！　見てみたいわ！」

　興味深そうに目を輝かせ、セレンが言う。

「そういえば、そんなものが落ちておった気もするのう？」

　どうやら剣の方は置いてきたらしい。

　そのとき謎の少女から呻《うめ》き声が聞こえてきた。

「う……ん……」

　目を覚ましたみたいだ。

「こ、ここは……？　……っ!?」

　僕たちに気づいて素早く身構える。

　その際、腰の辺りに手を当てたのは、たぶん咄嗟に武器を手に取ろうとしたのだろうけれど、生《あい》憎《にく》とそこには何もなかった。

　無防備であると知って息を呑む彼女に、僕は安心させるように告げる。

「心配しないでください。倒れていたあなたをそこの彼女が助けてくれたんです」

「倒れていた……？　確か、拙者《せっしゃ》は、山脈踏破に挑み……そして……」

段々と記憶を取り戻してきたみたいだ。しばらくしてから、彼女は深く息を吐いた。

「そうか……拙者は、失敗したでござるか……しかも、生きるか死ぬかの覚悟で挑みながら、こうして生き長らえてしまうとは……何たる恥辱……」

悔しそうに顔を顰《しか》め、わなわなと唇を震わせている。

そして何を思ったか、懐《ふところ》からナイフのようなものを取り出すと、

「このまま生き恥を晒《さら》すくらいなら、自ら命を絶つでござる！　**いざ、切腹っ！**」

「わあああああっ!?　ちょっと待って!?　いきなり死のうとしないでっ!?」

自分の腹にナイフを突き刺そうとした彼女を、僕たちは慌てて止めた。

「止めないでほしいでござる……っ！　拙者のような落伍者は、今ここで絶命するのが吉っ！」

「いやいや意味が分からないから！」

なんかとんでもなく物騒な人なんだけど！

「はっ！」

セレンが剣を振るい、ナイフの刃を根元からすっぱりと斬り飛ばした。

これでもう切腹は不可能なはずだ。

「なっ……拙者に、生き地獄を味わえと申すでござるか……？」

「何を言ってんのよ？　よく分かんないけど、あの山脈を一人で越えてこようとして、失敗したっ

てだけでしょ？　それで何で命を絶つ必要があるのよ」

愕然《がくぜん》とするサムライ少女を、セレンが怒ったように諭す。

するとさきほどまでの鬼気迫る表情はどこへやら、もじもじしながら彼女は言った。

「むう……しかし、拙者を止めようとする皆に『必ずや成し遂げてみせる、心配はするな、仮に死んだとしてもそれは拙者がそこまでの人間だったということ』などと豪語して出てきた手前、どんな顔をして戻ればいいやら……」

思ってたよりしょうもない理由だった……。

「ええと、フィリアさん、その東国のサムライっていうのは、みんなこんな感じなの？」

「うむ。確かに彼らには〝恥〟というのを嫌悪する文化がある。……さすがにここまで極端ではないと思うが」

このサムライ少女は極端な例らしい。

「とにかく、せっかく助けてあげたんだから、勝手に死のうとしないでね？　あ、まだ名乗ってなかったけど、僕はルーク。この村の村長だよ」

「はっ!?　助けてもらっておきながら、拙者はまだ礼の一つも述べていなかったでござる！　しかも先んじて名乗られるとは……っ！　なんという、サムライの名折れ……っ！　一生の不覚っ！　かくなる上は、腹を切ってお詫びするしか……っ！」

懐から新しいナイフを取り出すサムライ少女。

「切らなくていいから！　ていうか、何本ナイフ隠し持ってるの⁉」

その二本目のナイフを、またセレンが剣で叩き割った。

「なぜ死なせてくれぬでござるか⁉」

「うん、いいから名前を教えてもらえる？」

それからどうにか気持ちを落ち着かせて、サムライ少女はようやく名乗ってくれた。

「拙者はアカネと申す。齢《よわい》は十七。サムライの国、エドウに生まれ、幼き頃から剣一筋に生きてきたでござる。そして己の剣の腕を証明すべく、未だかつて誰も成し遂げたことのない、大山脈の踏破に挑んだでござる」

しかしその途中で力尽き、死にかけたところで、ドーラに助けられたってわけだね。

「お見受けしたところ、ここは西側の国でござろう？　ドラゴンの顎に捕らえられ、確実に死んだと思っていたのでござるが……」

不思議そうに首を傾げるアカネさん。

「そのドラゴンならそこにいるよ」

「わらわが助けてやったのじゃ！」

「え？　いやいや、いくら頭の弱い拙者でも、そのような冗談は通じぬでござるよ」

頭の角としっぽ以外は普通の幼女にしか見えないからね。

「本当にわらわなのじゃ！　見ておるがよいわ」

憤慨するドーラに連れられて、僕たちは再びバルコニーの方へと移動する。

家の中でドラゴンになられたら困るからね。このバルコニーにはプールとか露天風呂もあるぐらいでかなり広く、ドラゴン状態のドーラでもギリギリ収まるスペースがあった。

見る見るうちに巨大化していくドーラ。そこに全長二十メートルを超えるドラゴンが出現し、アカネさんはあんぐりと口を開けた。

「どうじゃ、この通りじゃ！」

「ほ、本当でござったとは……てっきり、拙者をからかっているとばかり……」

とそこで、アカネさんが懐に手を突っ込んだ。

ま、まさか……っ！

「疑ってしまって申し訳ない！　なんとお詫びすればよいのか、生憎と拙者には見当もつかぬでござる！　かくなる上は、この命で……」

「もういいから！」

三本目のナイフを手にし、切腹しようとする彼女を慌てて止める。

本当に何本隠し持ってるんだろう……。

「人化の魔法で、人の姿になれるみたいなんだ。元々はあの山脈に住んでるんだけど、色々あって仲良くなって、最近はよくこの村に遊びに来てくれてるんだよ」

「ドラゴンと親しくなるとは……一体この村は……なっ!?」

途中まで言いかけたところで、アカネさんは絶句する。

どうやら眼下に広がる村の様子が見えたみたいだ。

「こ、これが村っ!?　大都市の間違いではござらぬか!?　しかもこの建物、信じられぬぐらいの高さでござるよ！」

「まぁ、確かに規模としては、都市と言った方がいいかもしれないけど……」

あくまで『村づくり』というギフトで作ったわけだからね。やっぱり「村」と呼ぶのが正しいだろう。

「それに、見たことのないような建物がたくさんあるでござる……。これが噂に聞く西側の……くっ、本来ならば自力で辿り着いて初めて、この光景を目にするはずだったというのに……っ！」

「「っ！」」

僕たちは慌てて彼女を制止するべく動いていた。

「む？　どうしたでござるか？」

「……いや、てっきりまたナイフを取り出して、切腹しようとするのかと」

「ははは、さすがにこの程度のことで腹を切りはせぬよ」

何を戯言《たわごと》を申すか、とばかりに笑うアカネさん。

腹を切ろうとする基準がさっぱり分からないんだけど？

「それより、せっかくだから村を案内してあげるよ。思い描いてた形とは違うかもだけど、もう見ちゃったんだしさ」

「むう、そうでござるな……。それなら、ルーク殿の厚意に甘えさせていただくでござるよ」

そうして僕は、彼女を連れて村の各所を見て回ることにしたのだった。

「……ねぇ、フィリア？　最初にこの村を見ちゃったら、これがこっちの常識だと思っちゃうんじゃないかしら？」

「セレン殿、その可能性は大だと思う」


「山脈の西側に、こんな世界があったなんて……。巨大な城壁や建造物の数々に、清潔な人や街……立派な畑に美味《おい》しい食事……優れた治療薬に武具……。何もかもが、我が国より圧倒的に優れているでござる……」

一通り村の中を案内してあげると、アカネさんは愕然としてしまった。

「いや、これはきっと、夢に違いないでござる！　本当の拙者は、ドラゴンに連れ去られ、巣穴で眠っている状態かもしれぬ！　早く目を覚ますでござるよ！」

ちょっ、またナイフ取り出したんだけど!?

「腹切っちゃダメだってば!?　夢じゃないから！　切ったら本当に死んじゃうから！」

この人、よく今まで無事に生きてこれたよね……。

放っておいたらすぐに死んじゃいそうだ。

「せめて殴るとかにしてよ……」

「では代わりに殴ってほしいでござる！」

「ええっ!?」

「仕方ないわね。歯を食い縛りなさいよ」

セレンが拳を握りしめ、アカネさんの頬をぶん殴った。

「ひでぶっ!?」

「本当に殴っちゃうんだ!?」

「腹を切るよりはマシでしょ？」

あっけらかんと言うセレン。一方、地面にひっくり返ったアカネさんは、腫れ上がった頬を手で押さえながら、

「間違いなく痛いでござる！　夢ではないでござるか……」

どうやら現実だと理解してくれたみたいだ。

「それにしても、セレン殿と言ったでござるか？　なかなか良い拳でござった。それに思い返してみれば、拙者の懐刀を何度も叩き割った手際、並の使い手ではござらぬとお見受けする」

「そうね！　剣の腕には自信があるわ！」

「拙者の刀があれば、是非とも手合わせをお願いしたいところでござったが……」

アカネさんは残念そうに言う。

「ん～、似たようなやつなら、村にあるかもしれないけど」

「それは本当でござるか？」

というわけで、僕たちはドワーフの鍛冶工房にやってきた。

「ドランさん、この鍛冶工房で、色んな種類の剣を作ってますよね？」

「んだ。失敗作や実験作、売り物にできないような変わったものまで、たくさんあるだ」

「その中に、これをもっと長くした感じの剣ってありませんか？」

そう言って彼に見せたのは、アカネさんが懐に何本も忍ばせているナイフだ。

これは刀と似たような形状になっているので、イメージしやすいだろう。

「片刃の剣なら何本も見たことあるべ。ちょうどそんなふうに刀身が軽く反ってるやつだ」

「本当ですか？」

鍛冶工房の一角にある倉庫に案内される。

先ほどドランさんが言っていた失敗作や実験作なのだろう、そこには無数の武具が所狭しと置かれていた。

刀身が二つあるやつだったり、刀身が長くて薄いやつだったり、刀身部分が回転するようなやつだったり、パッと見回しただけでも不思議な剣がたくさんある。

「あったあった。この辺のやつだべ」

ドランさんが示した場所には、確かにそれらしき剣が幾つも並んでいた。

「これはっ！　まさしく刀そのものでござる！」

本物をよく知るアカネさんが認めるなら間違いないね。

「たぶん、同じ鍛冶師の作だと思うべ」

ドワーフの鍛冶師の中に、このタイプの剣を好んで作る人がいるらしい。

「これなんて、間違いなく業物《わざもの》でござる！」

「どれでも好きなのを持っていって構わないだ。もちろんお代はいらないべ」

「なっ!?　これほどの刀を、ただで譲ってくれるでござるか!?」

「んだ。どうせ売り物にはできないやつだべ」

アカネさんは興奮で鼻息を荒くしながら、とある一本を手に取った。

「す、素晴らしい……っ！　この刀にするでござる！」

そうして刀を手に入れたアカネさんを連れて、今度は村の訓練場へ。もちろんこれもギフトで作り出した施設だ。

《訓練場：武技や魔法などの訓練のための施設。成長速度アップ、怪我防止機能》

ここなら怪我防止機能があるので、二人が全力で斬り合ったとしても、大きな怪我をする心配はなかった。

「武器も手に入ったし、これで手合わせできるわね！　東国の剣士って、どんな戦い方するのか楽しみだわ！」

「拙者も西国の剣士とやり合えるのはとても光栄でござる」

セレンとアカネさんが訓練場の中央で向き合い、剣を構え合う。

「しかしサムライ代表として、絶対負けるわけにはいかぬでござるよ」

力強く宣言するアカネさん。

……あ、これ、負けたらまた腹を切ろうとするパターンだ。


「……負けたでござる」

床に両手をつき、アカネさんががっくりと項垂《うなだ》れた。

訓練場で行われたセレンとアカネさんの手合わせ。

アカネさんも相当な実力者のようで、一進一退のほぼ互角の戦いを見せていたものの、最後には
セレンが狩猟隊隊長としての意地を見せて勝利した。

もっとも、セレンは相手に合わせて魔法を使わなかったのだけれど。

ちなみにアカネさん、村人鑑定でこっそり鑑定してみたところ、

アカネ

ガーン

年齢：17歳
愛村心：低
推奨労働：武士
ギフト：侍剣技

『侍剣技』というギフトを持っていた。

通常の『剣技』と違い、サムライが使う特殊な剣技なのだろう。

「なかなか強かったわね。途中、何度か危なかったわ。東国の剣術もなかなか侮《あなど》れないわね」

アカネさんの強さを称《たた》えるセレン。

一方、アカネさんはわなわなと唇を震わせ、

「サムライ代表として戦い、負けてしまったでござる……っ！　しかも、業物の刀を提供されての敗北っ！　何の言い訳もできぬでござる！」

あ、来るぞ来るぞ。

「このままでは、西国の人たちに、サムライが弱いと思われてしまうでござる……っ！　ああっ、これはもはや、一生どころか、末代まで続く恥っ！　かくなる上は……」

すぐに止める準備をしないと。

僕が言うまでもなく、セレンもフィリアさんも、いつでも動けるように構えている。

「切腹して詫びるしかないでござるっ！」

やっぱりきた！

ナイフの方は事前にすべて回収していたので、刀を逆手に持ち、そのままお腹に突き刺そうとするアカネさん。

その刀の腹に、フィリアさんが放った矢が直撃した。

アカネさんの手から弾き飛ばされた刀が、くるくると宙を舞い、床に突き刺さる。

それをすかさずセレンが回収した。見事な連携だ。

「アカネ殿、自分の命を粗末にするのは感心しないな」

「フィリアのいう通りよ。負けて悔しかったら、もっと強くなってリベンジすればいいじゃない。また受けて立ってあげるから」

「むう……」

不服そうにしつつも、刃物がなければ切腹もできず、しぶしぶ訴えを受け入れるアカネさん。

「山脈越えも、ここの訓練場で修行して、強くなってからまた挑戦したらいいと思うよ」

この訓練場で鍛えれば、通常よりずっと早くレベルアップできるはずだ。

そんなこんなで、アカネさんはしばらくこの村に滞在することになったのだけれど。

ことはない。

魔境の山脈には、ワイバーン狩りのために何度も行ってるけど、山脈の向こう側まで抜けてみたことはない。

このところ海とか砂漠とか、頻繁にあちこち旅しているのだ。

と、ここ最近のノリでセレンが言い出した。

「山脈の向こう側に行ってみたいわ！」

今すぐ故郷に帰るくらいなら、腹を切って死んだ方がマシだと言われては、当然ながら引き下がるというふうに断られてしまった。

「山脈を単身踏破できずに、おめおめと帰ることはできぬでござるよ」

できれば案内人として、アカネさんに付いてきてほしかったのだけれど、

いずれにしても、ほとんど情報のない異国の地だ。

他にも、忍《しのび》の国・イルガや、北方の国・アヌーイ、南諸島の国・リュッキュなど、小さな国が幾つかあるらしい。

「現在は大きく三つの国があるでござる。拙者の出身地であるサムライの国・エドウ。それから商売の国・オオサク。そして信仰の国・キョウ。かつては激しい戦国の時代もあったでござるが、現在は長らく平和が続いているでござるよ」

僕はアカネさんに訊ねる。

「山脈の東側ってどんな感じのところなの？」

るしかない。

「あれ？　そういえば、東の出身だっていう人、アカネさん以外にも誰かいたような……？」

そこで僕はふと思い出す。

確かその人もアカネさんと同様、ちょっと変わった衣服を着ていて……。

「あっ、思い出した。アレクさんの冒険者パーティの、ガイさんだ」

そこで冒険者ギルドに足を運んでみると、どうやら併設の宿にいるらしい。ダンジョンに潜っていることが多いので、ちょうどよかった。

「こんにちは、ガイさん。……ガイさんって、東の国の出身なんですよね？」

「うむ。相違ない」

Aランクパーティ『紅蓮』の一員、ガイさん。

屈強な体軀で、棍棒での接近戦もこなせる僧侶である彼もまた、山脈の東から来たらしかった。

頭を綺麗に丸め、法衣《ほうえ》と呼ばれる東方ならではの衣服を身に着けた彼は、どうやらアカネさんと違い、信仰の国・キョウの出身らしい。

「もしかしてガイさんも山脈を越えてこられたんですか？」

「いや、拙僧《せっそう》がこの西の地にやってきたのは、陸路ではない。仲間の僧たちと共に、海路で来たのだ」

「あ、そうなんですね」

ガイさんが言うには、東の国からこの西方に来るためには、あの魔境の山脈を越えるか、それを迂回して広大なルブル砂漠を縦断するか、もしくは船で海を渡るか、主にこの三つのルートがあるらしい。

当然どれも非常に過酷な旅路だが、天候にさえ恵まれれば、海路が最も速くて安全なのだという。

「でも、何のためにわざわざ危険を冒してまで西側に？」

「仏の尊い教えを、是非とも西側の国々にも伝えたいと思い立ったからである」

どうやら伝道のためらしい。

でも一度もそれらしいことをしているのを見たことないけど……。

「村長。こいつの話は真面目に聞くだけ損だぞ」

「え？」

そこへ割り込んできたのはパーティのリーダー、アレクさんだ。

「もっともらしいことを言っているが、どうせ、こっちの方が胸と尻が大きい女が多いと知ったからとか、そんな理由だろう。敬虔《けいけん》な僧侶ですって顔しながら、こいつの中身はただの性職者だからな」

「あ、そうなんですね……」

詳しくガイさんを問い詰めてみると、過去に西側を旅した人物が遺《のこ》した文献に、西側の女性たちは総じて肉感的だというような内容が書かれていたそうだ。

「そんなことのために危険を冒して、故郷を捨てるとか……」

「女子の胸と尻こそ、この世の真理なり。我が選択に悔いは無し」

「さいですか」

　どうしようもないエロ坊主だった。

「だけど、久しぶりに故郷に帰ってみませんか？　空を飛んでいくからすぐですよ。……と言いつつ、本当は単に旅行先を案内してくれる人がいたら助かるなって」

「故郷、か……」

　東の山脈の方を見遣《みや》り、しばし思案するガイさん。何か思うところでもあるのかもしれない。

　やがてゆっくりと頷《うなず》いた。

「うむ。せっかくの機会である。久方ぶりに故郷に帰るとしよう。案内も拙僧に任せるがよい」

「ほんとですか？　すごく助かります」

「村長、面白そうだから、ガイだけじゃなく、俺たちも連れていってくれ。どのみち、ガイがいないとダンジョン攻略はしばらくお休みだからな」

　と、アレクさん。

「もちろんいいですよ。それじゃあ、三日後くらいに出発しましょう」

そうして例のごとく空飛ぶ公園に乗って、僕たちは村を出発した。

今回の旅の同行メンバーは、セレン、ミリア、フィリアさん、セリウスくん、ゴリちゃん。

それからアレクさん、ガイさん、同じくパーティメンバーのハゼナさん、ディルさん。

これに僕を含めて、十人での旅となる。

今回はできるだけ人数を絞ったつもりだ。見ず知らずの国を訪れるのに、大人数は避けた方がいいだろうと考えたからである。

なので、ぜひ東国の食材を手に入れたいと参加を希望してきた『料理』ギフトを持つコークさんは、残念ながらまたの機会に、と言って断らせてもらった。

「何度かこれが空を飛んでいくのを目撃してはいるが、こうして乗るのは初めてだな……」

「すごいわね、これ……冒険するのにものすごく便利そう……」

そういえば、アレクさんたちって、これが初めての空の旅だったっけ。

公園の端の方から、恐る恐る地上を覗き込んでいる。

「うふん、東国は久しぶりねぇ」

「ゴリちゃんも行ったことあるの？」

「昔、一度だけね♡」

「どうやって行ったの？」

「あのときは海を泳いで行ったわぁん」

「海を泳いで……」

相変わらず人間離れしているゴリちゃんだった。

第三章　東方見聞

魔境の山脈は、幾つもの山々が連なった一帯なのだけれど、その中心を横断するように、ひと際巨大な尾根が走っていた。

その標高は恐らく三千メートルを軽く超えている。

もう夏だというのに雪が積もっているし、たぶん一年中、溶けることはないだろう。

壁のように聳《そび》え立つ尾根を越えるため、どんどん公園の高度を上げていく。

「さすがにこの高さだと寒いわね」

白い息を吐きながら、二の腕をさするセレン。一方、相変わらずメイド服を身に着けたミリアは、心なしかその豊満な胸を強調させながら提案してくる。

「ルーク様、もし寒ければ、どうぞわたくしの胸の中へ」

「ええと、それは遠慮しておくよ。そもそもこの身体、影武者だし」

影武者には痛覚がない。もちろん、熱さや寒さもまったく感じず、仮に氷の中に埋もれたとしても平気なのである。

やがて中心部の尾根を越えると、再び高度を落としていった。

段々と山脈の向こう側に広がる大地が見えてくる。

懐かしいふるさとを見下ろしながら、ガイさんが手を合わせた。

「船で港を発ったとき、もう二度と、帰ることはないと思っていたが……まさか、再び故郷の地を踏むことになろうとは……これもまた、仏の導きか……」

カッコよく言ってるけど、故郷から旅立った理由は性欲だよね？

そして最初に僕たちが向かったのは、サムライの国として知られるエドウだった。アカネさんの故郷でもあるこの国は、サムライと呼ばれる人々が支配者階級を形成しているという。

サムライというのは、兵士とか騎士、あるいは軍人に近い存在だ。

つまりエドウは、軍によって統治される軍事政権のようなものらしい。そのため正確にはエドウ国ではなく、エドウ幕府と呼ぶのだという。

統治者も国王ではなく、将軍と呼ばれているそうだ。

うーん、何となく、どこかで聞いたことあるようなないような……？

「好戦的な印象を受けるかもしれぬが、現在は至って平和的な国である」

「本当ですか？　よく切腹するって聞きますけど……」

「切腹は古い文化である。ゆえに最近はあまり聞かぬな」

どうやらアカネさんが特殊らしい。

「なんかさっきから、あちこち緑色の絨毯《じゆうたん》みたいなのが広がってるわね？」

「あれは田んぼである」

「田んぼ？」

聞き慣れない言葉に、セレンが首を傾げる。

「この辺りの主食、米を育てているのだ。西側ではライスと呼ぶが」

「へえ、ライスって、こんなふうに育てているのね」

一応、村にもお米は商人たちを通じて入ってくる。

ただ西側の国々ではあまり一般的な食材ではないようで、それほど量は多くない。

もし安定してお米を輸入できるようになれば、もっと色んな料理が作れるようになるだろう。

そんな話をしているうちにエドウの中心都市が近づいてきた。

さすがにこの空飛ぶ公園を街中に着陸させるわけにはいかないので、公園は空に浮かべたままにして瞬間移動で街中に飛ぶ。

「ここがエドウ……」

「不思議な雰囲気の家が並んでいますね」

ミリアが言う通り、僕らの国ではあまり見かけない木造の家屋ばかりだった。

でも、なぜだか懐かしさを覚えるのは、前世の記憶のせいかもしれない。

もしかしたら僕の前世は、こんな感じの国だったのかも……。

「あの屋根の上に乗ってるのは何かしら？」

ハゼナさんの質問に、ガイさんが答える。

「あれは瓦《かわら》であるな。粘土を焼いて固めたもので、長い年月、雨漏りから家を護《まも》ってくれる。火事の時にもらい火を防ぐ効果もある」

「へえ、じゃああの端っこに乗ってるお面みたいなのは？」

「厄除け用の装飾であるな。鬼瓦と呼ばれている」

と、そのときだった。

「怪しい奴らでござる！　成敗してくれよう！」

そんな怒号が聞こえてきて振り返ると、そこには剣、いや、刀を構えた青年がいた。

「あ、いや、僕たちは決して怪しい者なんかじゃなくて……」

「嘘を吐《つ》くな！　拙者はこの目で見たでござる！　貴様らが不思議な妖術を使い、忽然《こつぜん》と姿を現したのを！」

どうやら瞬間移動で現れるところを見られてしまっていたらしい。人がいない場所を選んだつもりだったんだけど……。

青年は今にも飛びかかってきそうな雰囲気だ。ど、どうしよう……？

「怪しい者じゃないって言ってるでしょうが」

「ちょ、セレン！　こんなところでやり合ったら、騒ぎになっちゃうよっ？」

剣を抜こうとするセレンを、僕は慌てて止めた。

「だからって、話を聞いてくれそうな雰囲気じゃないでしょ。大丈夫。殺しはしないから。軽く無力化させるだけよ」

「セレンちゃん、ここはアタシに任せるのよぉん」

何か策でもあるのか、そう言って前に出たのはゴリちゃんだった。『拳聖技』のギフトを持つ彼女は村一番の戦士だ。武闘会でも優勝したし。

「っ……なんてデカさでござる……っ！」

身長二メートルを超える筋骨隆々のゴリちゃんに、青年が一瞬怯《ひる》む。

ゴリちゃんは片目をパチンと瞑ると、

「うふぅん、サムライの、お、に、い、さ、ま♡　アタシに免じて、ゆ、る、し、て、チュッ」

腰をくねらせながら投げキッスをした。

「〜〜〜〜〜〜〜〜〜〜っ!?」

「うふふ、見てごらんなさい。アタシのあまりの色気に、言葉が出ない様子よぉん」

どうやらゴリちゃんは色仕掛けによって、青年を籠絡《ろうらく》しようとしたみたいだ。

……当人は自信満々だけど、正直、効果があるとはまったく思えない。

「くっ……なんと蠱惑《こわく》的なっ……しかしそのような手には乗らぬでござるよっ！」

あれ？　もしかして効いてる？

「まさか、この世界にピンクマッチョの色仕掛けが効く相手がいるなんて……」

アレクさんが愕然としている。

「なぁ、ガイ、こっちは美的感覚が俺たちとかなり違うのか？」

「否。あのサムライがたまたまそういう性癖だっただけであろう」

ガイさんはきっぱりと否定した。

ともあれ、ゴリちゃんのお陰でどうにか青年を落ち着かせることができるかと思いきや、

「さ、さては貴様っ、人に化けたあやかしの類《たぐい》でござるな!?　そうやって拙者を誘惑して捕らえ、喰らうつもりでござろう！」

「あらん。アタシが美し過ぎて、何かが化けてると思われてしまったようねぇ」

ゴリちゃんの誘惑作戦は失敗に終わってしまったみたいだ。

最初から期待してなかったけど……。

とそこで今度はガイさんが前に出た。

「サムライ殿。我々はあやかしの類などではない。拙僧はキョウの国、宝霊寺の僧、ガイである」

「なに？　その格好、確かに仏僧の……」

「南無阿弥陀仏《なむあみだぶつ》南無阿弥陀仏南無阿弥陀仏。あやかしは、僧に化けることなどできぬ。ましてや、念仏を唱えることなど不可能であろう」

「……お主の言う通りでござる」

サムライ青年が刀を鞘に納めた。

さすがガイさんだ。やっぱり付いてきてもらってよかった。

「しかし彼らは一体？　見たところ、異国の格好をしているが……」

「実は彼らはあの山脈の向こう側、西国から旅をしてきたのである」

「なに？　なるほど、西方からの旅人でござったか。それで、伊達《だて》家の屋敷に何の用でござるか？」

「む？　伊達家？」

「もしかして、知らずに入ってきたでござるか？　ここは伊達家の藩邸でござるよ」

藩邸というのは、領主が王都に所有している屋敷のことらしい。

つまり僕たちは、勝手に人の家の敷地内に立ち入っていたようである。

どうやら広すぎて、街中と勘違いしてしまっていたみたいだ。人が少ないと思って瞬間移動先に選んだのだけど、失敗しちゃった……。

「そこで何をしておるのじゃ？」

「っ！　殿っ!?」

不意に背後から声を掛けられて、青年が慌てて振り向く。

そこにいたのは、不思議な髪型をした中年男性だった。

「ぷふっ、何よあの頭……」

「ちょっとセレン、笑っちゃダメだよ。あれはちょんまげって言って、由緒正しい髪型なんだ」

「ちょんまげ？　ルーク、そんなのよく知ってるわね」

「言われてみれば」

この世界では初めて見るので、前世の記憶かもしれない。

そのちょんまげ男性は、右目が見えないのか、刀の鍔《つば》のような黒い眼帯で覆っていた。

きっと偉い人なのだろう、青年がその場に膝をつきながら説明した。

「彼らはあの魔境の山脈を越え、西国からこの地まで旅をしてきたと申しておりまして……」

「なんだとっ？　あの山脈を越えて……っ？」

正確には公園に乗って飛んできただけなのだけれど、説明するのは大変なのでやめておいた方がいいだろう。

そんな風に思っていると、その男性が血相を変えて叫んだ。

「お主らその途中、年頃のおなごを見かけなかったかっ!?」

「おなご、であるか？」

興奮したように聞いてくる隻眼《せきがん》のサムライに、ガイさんが聞き返す。

「うむ。実はわしの愚娘が、単身であの山脈越えをしてみせると宣言し、屋敷を出ていってしまったのじゃ……そんな馬鹿なことはやめろと言っても、まったく聞く耳を持たずにの……」

え、それって……。

「もしかしてその人、アカネさんって言いませんか？」

「っ！　知っておるのか!?」

どうやらこの人、アカネさんのお父さんらしい。

「ということは、娘は無事なのじゃな？」

「そうですね、少なくとも、山脈の途中で出会ったときには……」

ドラゴンに助けられ、村に連れてこられたということは、アカネさんの名誉のためにも黙っておこう。また切腹しかねないし。

「ちょうど山脈の真ん中あたりで出会ったので、そろそろ西側に着いている頃だと思いますよ」

「なんと……まさか、事あるごとに腹を切りたがるあの愚娘が、本当に単身踏破を……」

……アカネさんの切腹癖には、父親も困っているらしかった。

「む、そういえば、申し遅れたの。わしの名はマサミネ。伊達マサミネじゃ。今はセンデ藩の藩主を務めておる」

藩主というのは、西側で言う領主のようなものだろう。アカネさんって、ああ見えて結構いいところのお嬢さんだったんだね。

「せっかく来てくれたのじゃ。わしに西側の話を聞かせてくれぬかの」

マサミネさんの提案を受けて、僕たちは屋敷の奥に通される。

けれどその途中のことだった。

「殿っ！　殿っ！　捜しましたぞ！」

血相を変えてこちらに走ってきたのは、家臣と思われる初老の男性だ。

マサミネさんが眉根を寄せながら問う。

「なんじゃ？　わしは今、見ての通り客人のお相手をしておるところじゃぞ？」

「お客人……」

男性はちらりと僕たちを見て、見かけない姿だからか、一瞬驚いたような顔をしたものの、すぐに声を荒らげ、諫《いさ》めるように言った。

「そんなことよりも、殿！　将軍との謁見のお時間ですぞ！　今すぐ出発せねば、遅刻してしまいますぞ！」

「〜〜〜っ!?」

その言葉に、ハッとするマサミネさん。

そして見る見るうちに顔色が真っ青になっていき、

「そ、そうであった……っ！　今日はエドウ城に参上し、将軍に謁見する日であった……っ！　そんな大切な仕事を忘れておったとは……」

何を思ったか、マサミネさんは上着を脱ぎ棄《す》てると、腰に差していた短い方の刀を抜く。

ちょっ、もしかしてこの流れは……っ!?

「伊達家当主として、一生の不覚っ！　末代までの恥っ！　かくなる上は、腹を切ってお詫びするしかあるまい！」

やっぱり切腹だあああああああっ!?

「と、殿ぉぉぉぉぉっ!?」

「おやめくだされぇぇぇっ！」

「お前たち、殿がまたご乱心だっ！　お止めしろぉぉぉっ！」

家臣と思われる人たちが一斉に飛んできて、腹を切ろうとするマサミネさんを必死に止めた。

……どうやらアカネさんの切腹癖は遺伝だったみたい。

「ごほん……見苦しいところを見せてしまったのじゃ」

「いえ、大丈夫です」

あなたの娘さんのせいで見慣れているので。

どうにか落ち着いた様子のマサミネさん。決死の覚悟で切腹を止めた家臣たちは、息を荒らげながら周囲に転がっているけれど。

「そして悪いが、今すぐエドウ城に参上せねばならぬのじゃ。また詳しい話は、戻ってきてから聞かせてもらう形でもよいかの？　無論、その間この屋敷で自由に寛いでもらって構わぬ」

そう謝ってから、ふと何かを思いついたように、マサミネさんは「待てよ」と呟く。

「珍しい西側からの旅人じゃ。きっと貴重な話も聞けるはず。となれば、真っ先に将軍に紹介するのが臣下としての道理……そんな当然のことに、ようやく思い至るとは……っ！　やはりわしは伊達家の当主に相応《ふさわ》しくないっ！　今ここで絶命するが、一族がため――」

「「おやめくだされ、殿ぉぉぉぉぉっ！」」

……遅刻しそうなんだよね？　もうちょっと急ごうよ。

「ガイさん、エドウ城ってあれですよね？　あの高い建物」

「うむ。あれがトコガワ将軍の住む城である。もっとも、あの部分は天守閣といって、基本的にはやぐらとして利用されている」

街の中心に聳え立つ塔のようなもの。

屋根が何重にも重なっていて、確かにあの頂上からであれば、あまり高い建物のないこのエドウの街を見渡すことができるだろう。

「じゃあ、あそこに移動しちゃいますね」

僕は瞬間移動を使い、遅刻しそうなのにまだ揉み合っている家臣とマサミネさんを連れて、エドウ城へと飛んだ。

「殿っ！　急がねば遅刻しますぞ！」

「それこそ、伊達家の沽券《こけん》にかかわりまする！」

「はっ!? そうであった！ こんなことをしている場合ではない！ 一刻も早く出ねば……」

「あ、もう着きましたよ」

「「「っ!?」」」

周囲の光景が切り替わったことに気づいて、マサミネさんとその家臣たちが絶句する。

「こ、ここは、エドウ城の門の前!? 一体いつの間に……っ？ だが、これなら十分、間に合いそうじゃ！」

首を傾げつつも、急いで門のところへと向かうマサミネさん。

そこで衛兵に僕たちのことを話し、許可が得られたのか、しばらくすると城内へと通された。

ところでこのエドウ国は、代々トコガワ将軍が治めているそうだ。

元々はキョウ国の一部だったそうだけれど、長く続く乱世のどさくさに紛れて、トコガワ家が独立を宣言。

当初はそれを認めないキョウ国との間で紛争が続いたものの、今では独立を認められ、両国の関係も良好だという。

「余が将軍イエアスである。話は聞いておるぞ、旅の者たちよ。あの魔境の山脈を越えてきたそうじゃのう？」

畳敷きの広大な謁見の間。その最奥で僕たちを出迎えてくれたのが、このエドウ国を治めるイエアス将軍だった。

かなり恰幅《かっぷく》がいい中年男性で、マサミネさんと同様、頭にちょんまげを結っている。

だけど将軍というには、かなり柔和な印象だった。

「はい。山脈の西側、セルティア王国から参りました。僕は代表のルークです」

「見たところ、まだ十かそこらにしか見えぬが、仲間がいるとはいえ、その歳で山脈を踏破するとはの」

「いえ、十四歳です」

「……そ、そうであったか。しかし、それでも十分に若いじゃろう」

思わず間髪入れずに訂正してしまった。

マサミネさんがこっちを見て少しハラハラしているけれど、幸い将軍は特に気にした様子もない。

僕は慌ててあるものを取り出した。

「これは我がセルティア王国でも、有数の鍛冶師が打った剣《つるぎ》です。どうか、お納めください」

「おお、よいのか？」

献上品である。急に将軍と謁見することになったので、村にいた影武者に瞬間移動で持ってきてもらったのだ。

「ほう、両刃のものとは。我が国では珍しいのう」

「西方ではこの形が一般的なのです。そしてこの剣、実は自己修復する機能がありまして」

「なんじゃと？」

ただの剣ではなく、ビヒモスの素材を使った剣なのである。

「仮に真っ二つに折れてしまったとしても、しばらく置いておけば勝手に元通りになってしまうのです」

「そ、そのような剣が……俄《にわ》かには信じられぬが……」

「では、実際にお見せいたしましょうか？」

このビヒモス素材の剣は、すでに村で販売されている。

注文が殺到していて、供給が追い付いていないけれど。

狩猟隊には特別に先行販売したので、今セレンやセリウスくんが持っているのもそうだ。

「試してみればいいのね？　セリウス、ちょっとあんたの貸しなさい」

「え？」

セリウスくんの剣を受け取ったセレンが、それをゴリちゃんに差し出す。

「何で僕のを……。姉上のを使えばいいのに……」

「うふぅん、これを叩き割っちゃえばいいのねぇん？」

ぼやくセリウスくんを余所に、剣を手にしたゴリちゃんが、その腹に拳を思い切り叩きつけた。

バゴンッ、と強烈な音が響き、刀身がぽっきりと折れてしまった。

「ガイさん、この剣に回復魔法を」

「御意」

そしてガイさんが回復魔法を使うと、見る見るうちに刀身が元に戻っていく。

「放っておいても修復されるのですが、回復魔法でより早く直すことができるんです。人間の身体と同じですね」

「な、なんということじゃ……っ！　本当に修復してしまったではないか……っ！」

実演が上手くいったようで、将軍は大いに喜んでくれた。

「西方にはこのような剣があるというのか……」

「はい。特殊な魔物の素材を使うことで、こうした剣を作ることができるのです。恐らく理論的には、永遠に使い続けることが可能になるかと」

まぁ作れるようになったのは、つい最近だけどね。

「ちなみに、これと同じ性質を持つものを、我が国の刀でも作ることができたりするのかの……？」

「できると思います」

「なんと……っ！」

驚愕《きょうがく》するイエアス将軍。

さらにマサミネさんが、鼻息を荒くして叫ぶ。

「サムライにとって、刀は己の命より大切なものじゃ！　しかし、どんな優れた刀も、使い続ければ摩耗し、いずれは寿命がくる！　激しい戦いの末、修繕不可能になることも少なくない！　使い慣れた愛刀の死は、我が子の死よりも悲しい！　その刀が、永遠に使い続けられるなど、全サムライの夢と呼んでも過言ではない……っ！」

あまりの興奮ぶりに、イエアス将軍が「す、少し落ち着くのじゃ」と窘《たしな》めたほどだ。

「はっ？　将軍の御前にもかかわらず、無礼を……っ!?　このマサミネ、一生の不覚！　もはや腹を切って詫びるしか……」

一生の不覚の頻度、多すぎない？

また切腹しようとしたマサミネさんが家臣たちに取り押さえられる中、いつものことなのか、イエアス将軍はそれを放置して話を進めた。

「その刀、ぜひもっと欲しいところじゃ」

「現状あまり量産はできませんが、できるだけご希望に応えましょう。ただ、その代わりに、こちらもぜひ売っていただきたいものがあるのです」

「それはなんじゃ？」

「お米です」

村の食文化は随分と豊かになったけれど、残念ながらお米はなかなか手に入らない。

入手できたとしても、あんまり美味しくなかったりするし……。

だからこの国が豊富に作っているお米を、ぜひ輸入したかったのだ。

あんなに田んぼが沢山あるんだから、美味しいのは間違いないしね。

できれば断りたかった将軍との謁見を受けようと思ったのは、この交渉のためと言っても過言ではない。

「米など腐るほどある。幾らでも売ってあげられるのじゃ」

「本当ですか？」

「しかし、生憎と両国の間には山脈や砂漠が立ち塞がっておるからのう。輸送するだけでも一苦労じゃ」

「いえ、実は簡単に行き来できる方法があるのです」

「なに？」

「最近、我が国には鉄道と呼ばれるものが作られていまして」

僕が作ったんだけどね。

「テツドウ……？」

「はい。大勢の人を乗せて高速で走れる、馬車の進化版と思っていただければいいかと思います。これを使えば、馬車で何日もかかる距離を、僅か数時間で移動できるのです」

「そのようなものが……」

「しかもこの鉄道、なんと山や砂漠があっても問題なく走れるのです。なにせ、地下を通るようにしますので」

「地下を!?」

「ちなみに、砂漠にはすでにこの電車が走っていますので、そちらを利用すれば、現時点でも我が国との行き来がかなり簡単になるはずです」

「え?」

呆気にとられるイエアス将軍。

知らない間に、国の近くまで謎の交通網が展開されていたのだ。驚くのは当然だろう。

「(それが本当なら、向こうがその気であれば、いつでもこちら側に攻めてこれるということではないか……? そんなものが、将軍である余も知らぬうちに作られていたとは……さすがにヤバ過ぎるんじゃが……。あんな剣を製造できる技術力といい、どう考えても敵に回すと危険じゃな……平和的な関係を築いていくしかなかろう)」

イエアス将軍が恐る恐る訊いてくる。

「ち、ちなみに、他の国にはすでに赴いておるのか?」

「いいえ、まだです。この後に伺う予定です」

「そうか……キョウはともかく、オオサクは確実に貿易を望むじゃろうな。……あい、分かった。そのテツドウとやらを、山脈にも通そうではないか。して、どれほどの人手と期間がかかるのじゃ?」

「明日までには完成させられると思いますよ」

「明日まで!?」

イエアス将軍から鉄道建設の許可をもらったので、早速、山脈の地下を通す形で作っていくことにした。

「話は聞いていたが、正直なところ、まったく意味が分からぬのじゃが……」

その監督役を任されたマサミネさんが、何度も首を傾げながら訊いてくる。

「簡単に言うと、この山脈の下に長いトンネルを掘って、そこに人が乗れるような巨大な鉄の塊《かたまり》を走らせるんです」

「説明されても理解できぬのじゃ……そんなことが可能とは思えぬ……」

「えっと、一応、こちらにもギフトはあるんですよね？」

「ギフト？　もしかして〝天賦《てんぷ》〟のことかの？」

「こちらではそう呼ばれてるんですね」

ギフトを授ける人のことも、神官ではなく〝神主《かんぬし》〟と呼ばれていて、教会ではなく、各地にある〝神社〟で〝祈禱《きとう》〟を受けるらしい。

「これから見せるのは、そのギフト……ええと、天賦の力なんです」

「天賦の……？　それを聞いてもまだピンと来ぬのじゃが……」

「とりあえず、地下道を掘っていきますね」

〈地下道：地下を通行するための道路。常時点灯。自動空調〉

ちなみに掘っていく場所は、伊達家の屋敷の一角。最終的な出入り口は後から調整すればいいので、ひとまずここから地下道を伸ばしていく予定だった。

「掘るって、まさかお主が自分で……？　何の道具も持っておらぬが――」

直後、突如として地面に出現する階段。

マサミネさんが固まった。

「――は？」

「降りていきますねー」

「何が起こったのじゃ!?　一瞬で階段が!?」

驚愕するマサミネさんを連れて階段を下りていった。

「まだ短いですけど、こんな感じで地下道になってます。これを伸ばしていきますね」

すぐそこで行き止まりになっていた壁が、目の前でどんどん後退し、遥か先まで地下道が続いていく。

「わしは夢でも見ておるのか……？」

「夢じゃないですよ。続いて、ここに鉄道を敷いて……」

地下道に線路が現れる。

〈鉄道：列車を走らせるための道。人や貨物を大量輸送できる。魔物の接近防止機能付き〉

「この辺に駅も設置しますね」

今度はホームと電車が出現した。

〈鉄道駅：列車を停止させ、乗客の乗り降りや貨物の積み降ろしをするための施設。列車付き〉

「この鉄の塊が電車です。これで人や物を輸送するんです」

「こんなものが本当に走るのか……」

「走るんですよ。では、ここからは影武者に任せますね」

僕のすぐ脇に、瓜二つの影武者が出現する。

「ルーク殿が二人!?　どういうことじゃ!?　まやかしか!?」

「ちゃんと実体がありますよ。これも天賦の力なんです」

「こんな風に喋れますし」

「そんな天賦、聞いたことないぞ!?　なんというものなのじゃ!?」

『村づくり』ですね」

「村の要素どこにあるのじゃ!?」

後のことは影武者に任せることに。

このまま地下道と線路を延伸させ、荒野の村まで繋いでもらうつもりだ。

「じゃあ、終わったら教えてね」

「了解」

そうして影武者が鉄道を作ってくれている間、僕たちはエドウの街を探索してみることにした。

「ねぇねぇ、あれは何かしら、赤い門みたいなやつ！　でも扉がついてないわ！」

「あれは鳥居であるな。神社の入り口である」

「随分と人で賑わってるわね。礼拝の日なのかしら？」

「いや、どうやらちょうど祭りが行われているようである」

セレンとガイさんがそんなやり取りをしていると、向こうから騒がしい集団が近づいてきた。

「「わっしょい、わっしょい！」」

「「わっしょい、わっしょい！」」

「「わっしょい、わっしょい！」」

そんな掛け声を発しながら、巨大な箱のようなものを担ぐ集団だ。

よく見ると箱は小屋のような形状をしていて、煌《きら》びやかに飾り立てられている。

「何よ、あれは!?」

「神輿《みこし》である。普段は神社に住まわれる神様を一時的にお乗せし、街中を旅していただくためのものだ」

「こっちの神様は、随分と賑やか好きなのね」

ちなみにその神輿を担いでいるのは、ほとんどパンツ一丁の屈強な男性たちだ。

彼らを見たゴリちゃんが「うふぅん」と艶《なま》めかしい声を零して、

「とぉってもセクシーな格好ねぇ。見てるだけで興奮してきちゃう♡」

ぞわぞわぞわぞわぞわぞわぞわぞわぞわぞわぞわっ！

ゴリちゃんの強烈な視線を感じ取ったのか、一瞬男性たちの動きが止まり、神輿がひっくり返りそうになってしまった。


「これで鉄道が完成しました。山脈の向こう側にある僕たちの村まで、一時間ちょっとで行けるはずです」

影武者から連絡があって、鉄道が村まで繋がったらしい。

僕はそれを監督役のマサミネさんに報告していた。

「本当にこんなことで西側に行けるとは思えぬのじゃが……」

「まぁ実際に行ってみれば分かりますよ」

半信半疑のマサミネさんには試しに電車に乗ってもらい、荒野の村へと出発した。

そうして電車に揺られること、およそ一時間。

「着きました」

電車が村の地下に作られたホームに停車する。

「さあ、どうぞ。このすぐ上が僕たちの村になっています」

ホームから階段を上って駅を出ると、マサミネさんはひっくり返りそうになりながら叫んだ。

「なんじゃこりゃあああああああっ!?」

「ここが僕が村長をしている村です」

「村!? これのどこが村じゃ!? 大都市ではないか!? 空が狭く見えるほど、高い建物ばかりじゃっ!」

「向こうに魔境の山脈が見えます。ええと、太陽の位置から考えて、東側ですよね」

「ほ、本当にこんな短時間で、あの山脈の地下を抜けてきたというのか……?」

わなわなと身体を震わせるマサミネさん。

とそこで何を思ったか、突然、腰から刀を抜いた。

「わしは狐に化かされておるのかもしれぬ! 痛みを与えれば、妖術も解けるはず……っ!」

「ちょっ、腹を切ろうとしないでください! 妖術なんかじゃないですから!」

第四章　菩薩

影武者と別れた僕たちは再び公園に乗り、空を飛んでいた。

「見えてきたようだ。あれが商売の国、オオサクである」

「すごい、あちこちに川や水路が巡ってる」

「うむ。それゆえオオサクは水の都とも呼ばれておるのだ」

エドウの街を一通り観光した僕たちは、続いて隣のオオサクへとやってきていた。

海のすぐ近くにあるオオサクの中心地は、川と水路が張り巡らされ、そこをたくさんの船が行き来している。

「オオサクを治めているのはトヨトキ家。その当主、すなわち国のトップは太閤殿《たいこう》と呼ばれておる。太閤殿は貧しい家の出ながら戦国の世に大いに台頭し、こうして一国を治めるまでに至った人物で、それに倣って己も一旗揚げようと、ここオオサクの商人たちは総じて血気盛んで逞しい」

その太閤殿のいる城が見えてきた。

エドウ城に負けない天守閣を有するオオサク城だ。

「でも、いきなりあの城の中に降りちゃって、本当に大丈夫なんですか？」

「心配は要《い》らぬ。太閤殿は無類の新しいもの好き。むしろ興味津々で歓迎してくれるであろう」

ガイさんは、広い城の敷地内に公園を着陸させてしまって構わないだろうという。

攻撃されたりしないよねと不安に思いつつも、言われた通りに高度を下げていく。

山脈の地下を通じてエドウが西側と貿易を始めたことは、商魂たくましいオオサクなら、放っておいてもすぐに嗅ぎつけ、近いうちに向こうから接触してくるに違いない。

どのみちそうなるとしたら、こちらから押しかけてしまった方が早いというのが、ガイさんのアドバイスだった。

「なんや、けったいなもんが空から降ってきおったで！」

「えらいこっちゃ、えらいこっちゃ！　天空人の襲撃ちゃうか⁉」

「上に誰か乗っとるで！」

城内に公園を着陸させると、すぐに大騒ぎになった。

だ、大丈夫かな……？　またあやかしと間違えられたりしないよね……？

「よー分からんけど、とりあえず喋れそうなら大丈夫やろ。魔物やったら困るけどな」

「あれ、わいも乗っけてくれへんかな？　あの空飛ぶ地面があったら、めっちゃ移動が楽やん」

「移動どころか、あれで商売できるんちゃう？」

うん……なんか、大丈夫そうかも？

そこでここぞとばかりに、ガイさんが彼らに名乗り出る。

「拙僧はキョウの国、宝霊寺の僧、ガイである。この方々は西方からの旅人なり」

「なんや、坊主がおるで」

「キョウの坊主か。あいつらほんまつまらん奴らやで。世俗を捨てて、布施《ふせ》だけで生きるとか、アホの所業やろ」

「まぁ中には金儲けに余念のない坊主もおるらしいけどな」

……どうやらキョウの国の僧侶は嫌われているらしい。

予想とは裏腹に、オオサクの人たちに嫌悪感を抱かれているらしいガイさんだったけれど、

「あの坊主、わいの目には世俗を捨て切れてへんように見えるで」

「なんや、うちらと同類っちゅうことか」

「いや、金っちゅうより、なんとなく色欲な気がするで」

「エロ坊主やんか！　まぁそれもわてらと同じやな！　なはははははっ！」

あ、でも、見抜かれてる……。

そんなオオサクの人たちの反応を前に、ガイさんはあっさり白状した。

「その通りである。宝霊寺にいたのは昔のこと。煩悩《ぼんのう》に己の身を任せ、ついおなごと遊んでしまったことが和尚に知られて、破門になったのである。そして今は煩悩と共に生きる、新たな信仰の道を模索しているところであるのだ」

……破門されてたんだ。

「新たな信仰の道っちゅうと？」

「うむ、拙僧の考えでは、世俗を捨てて出家などせずとも、たとえ煩悩に囚《とら》われていようとも、人は救われることができるはずである。なぜなら仏の心は海よりも深く、空よりも広い。ただ念仏を一心に唱えるならば、いかに罪深き人間とて、仏は我らを極楽浄土へと連れていってくださるのだ！」

力強く訴えるガイさん。

ええと、僕には単に自分の性欲を都合よく正当化しているだけにしか聞こえないんだけど……？

でも話を聞いていたオオサクの人たちは違ったみたいだ。

「じぶん、なかなか面白い考えしとるな。せやけど、うちらみたいな商人には、めっちゃありがたい教えや」

「せっかく頑張って商売をして金を稼いでも、出家したら全部捨てなあかんかった。もし働きながらでも救われる道があるっちゅうなら、そない嬉しいことはないで」

「もっと詳しく話を聞かせてくれへんか？」

なんかガイさんが新興宗教の教祖みたいになり始めてる!?

「ともあれ、その前にまず彼らを太閤殿にお目通りさせていただきたく。あの魔境の山脈を越え、西側から旅してきた方々である」

「ほな、上に話通してみるわ！　少し待っといてな！」

それから僕たちは、すんなりとこのオオサクの国王にあたるらしい太閤殿との謁見ができることになった。

通された豪奢な畳部屋の奥にいたのは、随分と小柄な人物だった。

「ワシが太閤ヒデヨッや。遠路はるばる、よう来てくれたの」

トヨトキヒデヨッと名乗った太閤殿は、いきなり押し掛けたにもかかわらず、僕たちを大いに歓迎してくれた。

イエアス将軍のときと同様、まずは挨拶代わりに献上品を差し上げる。

「これは我が国セルティアで作られているポーションです」

「ポーションやと？　それはまた珍しい品物やのう。しかし、セルティアでポーションが製造されとるなんて、聞いたことあらへんが」

実はこのオオサク、海上ルートから西側諸国を船で行き来し、小規模ながら貿易を行っているのだという。

セルティアと海の間にはバルステ王国があるのと、長らくセルティアが内戦状態にあったため、セルティアとの直接的な貿易はなかったが、貿易商人たちを通じて情報は得ていたらしい。

「今は量産もできますよ」

「ほんまか？　せやけど、簡単には行き来できへんからなぁ」

「それがですね……」

僕はエドウのときと同じように説明する。

すると太閤殿は目を輝かせて、

「俄かには信じられへん話やな！　せやけど、あのエドウが貿易を始めたっちゅうなら、ワシらも後れを取るわけにはいかんやろ！　そのテツドウっちゅうのは、この国まで繋げられるんか？」

「もちろん可能です。我々としては、ぜひこの国で獲れた新鮮な魚を売っていただければと。片道一時間ほどですので、鮮度を保ったまま輸送できるかと思います」

「片道一時間!?」

最近はバルステからも魚を輸入するようになっているのだけれど、荒野の村はバルステから遠い場所にある。だからこのオオサクから仕入れる方が早いのだ。

というわけで太閤殿の許可を得て、このオオサクにも鉄道を繋ぐことに。

すでにエドウまで来ていたので、影武者の力でもものの半日ほどで完成。

その後、自ら電車に乗り、村までやってきた太閤殿は、建ち並ぶ高層建築物に驚愕したのだった。

「なんやこの大都市は!?　こんなんが、山脈の向こう側にあったんか……」

オオサクは非常に賑やかな街だった。商売の国と言われているだけあって、あちこちに活気溢れる商店街があり、威勢のいい声で店主が呼び込みをしている。

「異国の青い嬢ちゃん！　ぜひうちのたこ焼き食うてきや！　うちのはオオサク一やで！」

「たこ焼き？」

声をかけられて、首を傾げながら足を止めるセレン。

「小麦粉の生地にたこと薬味を入れて焼いたもんや！　オオサク名物やで！」

「わっ、かわいい！　まんまるね！」

きれいな球形に焼かれたたこ焼きを見て、セレンが目を輝かせる。

「そこのきれいな黒髪の姉ちゃん、うちの串カツ食ってってや！」

「串カツ、とはどんなものなのでしょう？」

「兄ちゃん、えらいでっかいなぁ！　いっぱい食べるんやったら、うちのボリュームたっぷりのお好み焼きがおすすめやで！」

「うふぅん、アタシは、お、ね、え、ちゃ、ん、よ？」

ミリアやゴリちゃんも声を掛けられている。

そうしてオオサクの街を観光していると、気になる噂が聞こえてきた。

「いつになったらキョウに商売に行けるんやろな」

「当分は難しいと思うで。最初は貧民街だけやったんが、都《みやこ》中に広がっとるらしいからな。最近は公家《くげ》の中にも罹《かか》ったもんがおるっちゅう話や」

「それは大変やな……」

「人の心配しとる場合やないで。こっちにまで入ってきたら、えらいことなるで。一応、キョウとの行き来を制限しとるみたいやけど……」

一体何の話だろうか。

故郷の話題が気になったのだろう、ガイさんが彼らに尋ねた。

「済まぬがその話、詳しく聞かせてくれぬか？」

「ひっ……あんた、キョウの坊さんやないかっ？　それ以上、近づかんといて！　病気がうつってまう！」

ガイさんの坊主頭を見るや、街の人が慌てて距離を取った。

「心配は要らぬ。拙僧はもう何年もキョウには帰っておらぬ」

「なんや、驚かさんといてえな……。ちゅうことは、キョウの流行り病《はややまい》のことも知らんのか」

「流行り病？」

「せや。なんでも、全身にイボみたいなんが大量に発生して、地獄のような痛みで死んでまう病気らしいで」

「そんなことに……」

どうやら深刻な流行り病――疫病が広がってしまっているらしい。故郷の悲惨な状況を知り、ガイさんは顔を顰める。

「悪いこと言わへんから、今は戻らん方がええで」

「坊さんのあんたに言うのもアレやけど、念仏で病は治らへんからな」

そう忠告して去っていく街の人たちを見送りながら、ガイさんが呟いた。

「……拙僧の回復魔法を使えば、治療できるかもしれぬ」

ガイさんは『白魔法』のギフトを持っている。その流行り病も、治せる可能性はあった。

けれど、たった一人で何百人、何千人もの数を治療するのは難しい。

回復魔法の使い手は決して多くないため、いったん大勢にまで広がってしまった流行り病を抑え込むのは簡単なことではなかった。

下手をすると、自分にうつってしまって、命を落とす危険性もある。

「拙僧一人の力では焼け石に水かもしれぬ。しかし故郷の危機を見て見ぬふりすることはできん」

「ガイ、お前……」

覚悟を決めた様子のガイさんを止めることなどできないのだろう、アレクさんが悲痛な表情で言葉を呑み込む。

「(……可愛《かわい》いおなごを治療すれば、ワンチャンあるかもしれぬ)」

「ガイ、お前……今なんとなく、何を考えているか分かったぞ?」

そんな彼らに、僕は言った。

「たぶん、エルフたちが作ってるキュアポーションを使えば治せると思うよ」

「うむ。我らのキュアポーションは、ありとあらゆる病気に効く優れものだからな」

フィリアさんもその効能に太鼓判を押す。

「なるほど、キュアポーションね。その手があったじゃない。あたしたち冒険者は普通のポーションにばっかり世話になってるから、すっかり忘れてたわね」

ぽんと手を打って頷くのはハゼナさんだ。

「エルフたちに大量のキュアポーションを作ってもらって、それをキョウに持って行こう！　感染症の撲滅大作戦だね！」


「キョウの国は、三国の中で最も古い。神王《しんのう》と呼ばれるお方が代々治め、かつてはこの山脈の東側全土を支配下に置いていた」

キョウの国に向かいながら、ガイさんが説明してくれる。

「神王は古くからの信仰である神道の最高指導者でもある。それゆえ、信仰の国と呼ばれているのだが……ややこしいことに、現在この国には仏の教えが広がり、神王もこの仏の教えの熱心な信仰者であったりする」

「え？　つまり、国の宗教のトップが、他の宗教を信仰してるってこと？　それ大丈夫なの？」

疑問を口にしたのはハゼナさんだ。

ガイさんは神妙に頷いて、

「うむ。実はこの神道と仏の教えは、深いところで繋がっていて、別のようで同じものの異なる側面でしかない。……と、されておるのだ」

なんだかちょっと無理やりな気もするけど……。

「神王を退位された後、出家される方も少なくない。キョウの国は周囲を山々に囲まれておるのだが、その山に籠《こも》って厳しい修行に身を投じるのだ。かつて拙僧がいた宝霊寺も山の中にあった。……何度も山を下りて町娘と遊興に耽《ふけ》っていたせいで、破門されてしまったが」

そうこうしている内に、キョウの都が見えてきた。

セレンが声を上げる。

「街が格子状になってるわ！」

「遥か昔、ナルラの地からここに都が移された際、このように作られたのだ。我らは碁盤《ごばん》の目《め》状と呼んでおる」

都の中心には、神王の住まいである御所《ごしょ》と呼ばれる場所があって、遠くからでも分かるくらいに広い。

都の空に公園を浮かべたまま、瞬間移動で街中へ飛ぼうとする。

「場所はどこがいいですかね？」

「あの屋敷に降りてくれぬか」

「あれですか？　分かりました」

ガイさんの指示に従い、地上へ瞬間移動した。

御所からかなり近いところにある屋敷の敷地内だ。

マサミネさんのところとまではいかないけれど、かなり大きな屋敷で、苔むした地面や上品に置かれた岩などが、独特の情緒を感じさせる。

「ふむ、懐かしいな……」

「ここって人の家の庭じゃないのか？　勝手に入って大丈夫なのかよ？　しかも随分と格式高そうな感じだが……」

アレクさんが訊くと、ガイさんは当然のことのようにあっさりと答えた。

「心配は無用だ。ここは拙僧の実家である」

「「「え!?」」」

みんな揃って驚きの声を上げる。ハゼナさんもびっくりした様子で、

「あんた、もしかして良いとこの出だったの!?」

「うむ。こう見えて、拙僧の実家は公家である」

「貴族ってことよね？　なのに、家を出て僧侶になっちゃったの？」

「決して珍しいことではない。特に拙僧は六人兄弟の末。家を継ぐ可能性の低い子供を仏門に入れるというのは、むしろこの国では一般的なことである」

そんなことを話していると、怒号と共に屋敷の衛兵らしき男性がこっちに走ってきた。

「何もんや！　どっから入ってきおった!?」

薙刀《なぎなた》を突き付けてくる男性に、ガイさんが告げる。

「拙僧はミョウガイ。父上はお変わりないか？」

「ミョウガイ……？　ま、まさか、明凱様っ？」

ガイさんの名前、本当はミョウガイっていうんだ……。

「うむ。十年ぶりに帰ってまいった」

「しょ、少々、お待ちくだされ……っ！」

慌てて駆けていく男性。しばらくすると、数人を連れて戻ってきた。

「明凱っ！」

その中の一人、白髪のおじいちゃんが猛スピードでこっちに駆けてくる。

軽く七十を過ぎてそうなのに、かなり体格がよく、しかもめちゃくちゃ元気そうだ。

「父上……」

少し目を潤《うる》ませながら呟くガイさん。どうやらこの老人がガイさんの父親のようだ。確かに目元の辺りがよく似ている。

「明凱っ！」

「父上！」

「明凱〜〜っ！」

「父上〜〜っ！」

親子の感動の再会、と思いきや、

「このバカ息子があっ、何年もどこ行っとったんじゃ、ワレえええええええええっ！」

直前で大きく跳躍した老人の足裏が、ガイさんの顔面に突き刺さる。

「ぶごほっ!?」

吹き飛んで地面をのた打ち回るガイさん。

一方、老人は軽々着地を決めると、追いついてきた他の男性から薙刀を奪い取って、

「このわしが直々に貴様をあの世に送ったるわあああああああっ！」

や、やばい！ ガイさんが殺されちゃう!?

「お、お館《やかた》様っ！ 落ち着いてくだされ！」

家臣らしい人たちが必死に止めようとするも、まるで聞く耳など持たなかった。

「落ち着いてなどいられるか！ お寺を破門になった挙句、十年も音沙汰なしで、今更どんな顔してのこのこ帰ってきおったんじゃ！ しかも聞いてみれば、修行中の身ながら幾度となく女人と逢引しておったとのこと！ この愚か者めがっ！」

めちゃくちゃ怒っている。家臣の訴えなど無視して薙刀を振り回し始めると、そのまま息子を斬りつけようとした、まさにその瞬間だった。

「っ!? あだだだだだだだだっ!?」

腰を押さえて地面に転がり、激痛を訴え始める。

「だから申したのです！ 腰に爆弾を抱えておられるのですから、無茶な動きはおやめください！」

「ぐぬぬぬっ……せっかく自らの手で、こやつに引導を渡せるところやったのに……っ！」

どうやらこのご老人、腰が悪いらしい。

一方、ひとまず命拾いしたガイさんは、その場に平伏しながら、

「……父上。すべては拙僧の不徳の致すところ。申し開きのしようもありませぬ。父上のお心のままに、処罰していただいても構いません」

「ふん、覚悟だけはできとるようじゃの」

「ただ……しばしの猶予をいただきたく。というのも、拙僧がこの十年で身に着けた力、故郷の危機のために使いたいのでございます」

「なんやと？」

訝《いぶか》しむ老人に平伏したまま近づいたガイさんは、「御免」と言ってから、その手を老人の腰に伸ばす。

「な、なにをっ……これはっ……？ 腰の痛みが、引いていきおる……？」

「回復魔法であります」

やがて完全に痛みが取れたのか、老人はすんなりと立ち上がった。

「痛くなっておる……」

「はい。こう見えて、腕前には自信があるのです。そして外傷だけではなく、病なども治癒することが可能です」

「……」

「このキョウの都は今、流行り病に侵されているとのこと。拙僧が恥を忍んで故郷に戻ってきたのは、病に苦しむ人々を少しでも救わんがため。どうか、そのためにしばしの猶予を」

元々は観光目的だったけれどね。もちろんそれは黙っておこう。

「……」

ガイさんの真摯《しんし》な訴えを受け、さすがに今ここで斬り捨てるわけにはいかないと思ったのか、老人は苦虫を噛み潰したような顔をしつつも、構えようとしていた薙刀を下ろす。

そこへ家臣の一人が恐る恐る口を挟んだ。

「お館様……明凱様に、明権《ミヨウケン》様を診ていただいては……？」

「っ、まさか、兄上が？」

「は、はい。一週間ほど前から流行り病に……身体中に、イボのようなものができ、悲鳴を上げるほど苦しまれて……見る見るうちにやつれ、医者によればもう何日も持たないだろう、と」

ガイさんのお兄さんが、その流行り病に罹ってしまったらしい。

「今すぐ兄上のところに連れていってくだされ！　拙僧ならば治せるかもしれぬ！　……どうか、父上！」

「………………ついてこい」

ガイさんの熱意が伝わったのか、しばしの沈黙の後、老人がそう小さく告げてから屋敷の奥へと歩き出した。

僕たちはその後を追う。

やがて老人が足を止めたのは、離れと思われる小さな家屋だった。

「他の者にうつらないよう、ここに隔離しておる」

「後は拙僧にお任せを」

ガイさんは一人、家屋の中へと入っていく。

それを見送ってから、老人がこちらを振り向いた。

「待っている間、貴公らから詳しい話を聞かせてくれぬかの？　あの愚息がこの期間、どこで何をしておったのか。見たところ、異国の方々と思われるが……」

治療が終わるのを待ちながら、僕たちは事情を説明した。

「あやつめ、どこに行ったかと思っておったら、西方に……道理で何の噂も聞こえてこんわけじゃ。いや、あのバカ息子がお世話になっておるようで、申し訳ない」

「いえ、俺たちも彼には助けてもらってますから」

急に丁寧な物腰になったガイさんのお父さんに、アレクさんが首を振る。

「しかし驚きました。まさか、ガイの実家がこんな立派なところだったなんて……」

「ふん、所詮、歴史があるだけの家じゃよ。跡継ぎが病に侵されても、ロクな治癒士も呼ばれんくらいじゃからの。もっとも、宮廷内にまで流行り病が蔓延《まんえん》し、薬も治癒士も枯渇しとるような状態では致し方ないがの。特にわしらのような下層の公家はの……」

そもそもこのキョウという国自体が、歴史は長けれど、あまり裕福ではないらしい。

貴族に相当する公家であっても、かなり清貧な生活をしているという。

「元より治癒士は数が少ないからの。これだけ病が蔓延してもうたら、到底手が足りひん。詐欺《さぎ》まがいの怪しげな治癒士に騙《だま》されたとか、変な薬を飲まされて余計に悪化したとか、酷い話もようさん聞いとる」

ガイさんのお父さんが、嘆くように言う。

どうやら思っていた以上に深刻な状況のようだ。

とそこへ、ガイさんが戻ってくる。

「あ、ガイさん、どうでしたか？」

「無事に治療が終わり申した」

少し遅れて、ガイさんそっくりの男性が出てきた。ただし髪の毛はあるけど。

やつれた様子ではあるものの、流行り病の特徴だというイボは見当たらない。

「明権っ！　大丈夫なのか……？」

「はい、父上。明凱のお陰で全身のイボが消えて、身体も楽になりました」

ガイさんの回復魔法が効いたらしい。ただ、治療のために随分と魔力を使ってしまったようで、肩で大きく息をしている。

その姿を見て、ガイさんのお父さんは神妙な顔で切り出した。

「……明凱、どうやらたった一人を治すだけでも一苦労だったようじゃの。つまり、お前ひとりの力など、ここまで蔓延した病の前では微々たるものでしかないということ」

「否定はできませぬ」

「下手をすれば、おまえ自身が病に侵され、命を落とすやもしれぬぞ？」

「覚悟の上であります。……と、言いたいところではありますが」

「？」

そこでガイさんが僧衣の中から何かを取り出す。

キュアポーションだ。

「そこで父上にぜひご紹介したいのが、こちらの薬！　なんと、かの有名なエルフが生成したポーションであります！　特に病気などの治癒に特化したこちらを飲めば、流行り病などあっという間に完治間違いなし！」

なんだか胡散臭《うさんくさ》い通販番組のように主張するガイさん。

いや、実際その効能は折り紙付きなんだけど。

「ポーションやと……？　そんな薬で、流行り病を治せるんか……？」

「拙僧が保証いたそう」

ガイさんは力強く頷いた。

キョウ国の人たちからすれば、すぐには信じられない話だろう。さっき詐欺師から怪しい薬を買わされた人もいるって言ってたし。

でも、先ほどお兄さんの病気を治したお陰か、ガイさんのお父さんも含めて、縋《すが》るような目でポーションを見ている。

僕は訊いてみた。

「ひとまず試してみてはどうですか。誰か他に患者さんがいたりしませんかね？」

「一応、使用人に何人かおるが……しかし、貴重なものなのじゃろう？」

「大丈夫ですよ。今うちの村で量産しているところですし」

そうしてキュアポーションを流行り病に罹った使用人たちに飲んでもらったところ、やはり劇的な効果があった。

「これで流行り病にも効くことが確定したし、あとは罹患者《りかんしゃ》全員に飲ませるだけだね」

「ぜ、全員っ!?　そんなことが可能なんか……っ!?」

「はい。人数分の用意はできるはずです。ただ、街のあちこちにいる罹患者を把握するのは難しいし……せめてどこかに集まってもらえれば楽なんだけれど……」

「…………それならば、わしに任せてもらってもよいかの？　仮にも公家の一員として、なんとかしてみるのじゃ」

「ほんとですか？　お願いします」


数日後、街の各所にある神社に、大勢の罹患者たちが詰めかけていた。

「たくさん集まりましたね」

「うむ。神王陛下にあの薬の効能を認めてもらい、陛下の名で街中にお触れを出してもろうたのじゃ」

ガイさんのお父さんが疲れたような顔で頷く。あちこちを説得するために、寝る間も惜しんで奔走してくれたのだろう。

公家といっても下級らしいし、直でトップに話を持っていくわけにもいかないはずだ。

こういう古い宮廷とかは、面倒な政治的駆け引きが激しそうだし。

だけどその頑張りのお陰で、効率よく配れそうだ。

「では、キュアポーションをどんどん配っていきましょう」

神社の人たちにも手伝ってもらいながら、キュアポーションを渡していく。

「こんな薬でほんまに病気が治るんやろうか……？　うちはこの流行り病に効く薬なんかないって聞いたで」

「ここに来るだけでもしんどかったんや……治ってくれへんと困るわ……」

「他でもない、神王陛下が呼びかけはったんやで。きっと効果あるはずや」

罹患者たちは半信半疑といった感じだった。

それでも最初の数人が恐る恐るキュアポーションを飲んでいくと、

「全身のイボが消えてく……っ！」

「う、うちもや！」

「痛みもなくなってくで！」

即効性のあるキュアポーションのお陰で、見る見るうちに病から解放されていく人たちを見て、集まった人たちの反応はがらりと変わった。

「ほんまに効くみたいや！」

「しかもイボの痕《あと》すら残ってへんで！」

「よかった！　もし治っても痕が残るんなら、お嫁に行かれへんとこやったわ！」

配布したキュアポーションを罹患者たちが次々と飲み干し、流行り病から解放されていく。

「うちにもう一人罹患者がおるんや！　動くこともままならんさかい、置いてきたんやけど……っ！」

「じゃあ、これを飲ませてあげてください」

「ああ、おおきに！」

ちなみに街中の神社という神社で、同じように罹患者を集め、キュアポーションを配っている。セレンたちやガイさんの実家の人たちにも協力してもらっているけれど、足りないところは僕の影武者を配置していた。

念のため、後でみんなにもキュアポーションを飲んでおいてもらった方がいいだろう。大勢の罹患者と接していると、ウイルスをもらってるかもしれないからね。

「影武者は病気になったりしないから大丈夫だけど」


「誠に大儀であったのぢゃ、ルークとその一行よ。お陰で我が国から流行り病が一掃《いっそう》された。民たちを代表して朕《ちん》がお礼を申し上げたい」

キュアポーションの力で流行り病がほぼ終息した後、僕たちはこの国を治める神王に謁見することとなった。

その姿を直接見ることはできなかったものの、御簾《みす》の向こう側から聞こえてくる声は、明らかに女性のものだ。

メイセイ神王と呼ばれる現神王は、どうやら女の人らしい。年齢は定かではないけれど、声からはまだ若い印象を受けた。

「いえ、当然のことをしただけです」

「しかし、あのような貴重な薬を我が国のために大量に用意するなど、簡単にできることではないぢゃろう」

「もちろん、簡単というわけではありませんでしたが……」

「何か褒美を取らせねばならぬな。生憎と我が国はそれほど豊かではない。応えられるかは分からぬが、そなたの要望を申してみよ」

「そうですね……」

正直この国に関しては、それほど魅力的な特産品があるわけじゃない。

だけど、すでにエドウとオオサクとは鉄道で簡単に行き来できるようになっていて、米や魚を売ってもらっている。

いずれそのことは神王の耳にも入ってくるだろうし、一国だけ蚊帳《かや》の外《そと》にあると知ったら、国際問題になりかねない。

ただ、いかにも保守的そうなこの国が、そう易々と鉄道の開通を許可するとは思えないし……。

ともあれ、ダメ元で打診してみることにした。

「テツドウぢゃと？　ううむ、この国と西方が、たったの一時間で移動できてしまう、と……」

戸惑う様子のメイセイ神王。

周りにいる役人たちに至っては、そんな怪しげなものを建設するなど言語道断、といった顔をしている。

結局、返答は保留となり、後日改めて連絡をくれるということになったのだった。

◇◇◇

西方の一行が謁見の間から去った後。

「陛下、御一行の一人が、ぜひ一度こちらの書物をお読みいただきたいとのことで……」

「なんぢゃ、これは？　『ルーク様伝説』ぢゃと？」

怪しげな書物を受け取ったメイセイ神王は、訝しみながらもパラパラとページを捲っていく。

そこに書かれていた内容に、彼女は目を疑った。

「こ、これは……。……絶えない争いに、深刻な飢饉《ききん》……そして蔓延する悲惨な疫病……。そんな末法の世に現れ、衆生《しゆじよう》をお救いくださるという、慈悲の菩薩《ぼさつ》……。ここに記されたルーク殿の行いは、まさにそれなのぢゃ」

熱心な仏の教えの信徒でもあるメイセイ神王は声を震わせながら、確信したように叫ぶのだった。

「各地の神社に、まったく同時刻にいたとの情報もあるっ……そんな真似《まね》、普通の人間にできるはずがない！　やはり間違いない……っ！　あの方こそ、末法の世から我らをお救いくださるミローク菩薩ぢゃ！」

◇　◇　◇

「ミリア、役人さんと何を話してたの？」

「ふふ、何でもありませんよ、ルーク様」

メイセイ神王との謁見が終わった後、なぜかミリアが遅れて控室に戻ってきたのだ。

本人は惚《とぼ》けているけど、何か嫌な予感しかしない。

ともあれ、いったん御所を後にした僕たちは、しばらくガイさんの実家を拠点にキョウの街を観光することにした。

すると僕たちの姿を見て、駆け寄ってくる人がたくさんいた。

「うちのもんを救ってもろて、ほんまおおきにおおきにやで……」

「あんさんらのお陰で、流行り病に怯《おび》えんでもようなったわ！」

「おたくはんらは仏様の化身や！」

みんな涙ながらに感謝してくれる。

かなり大々的にキュアポーションを配ったので、僕たちの噂が一気に広がってしまったみたいだ。

「よかったらぜひこちらをお読みください。あなたもどうぞ」

そんな彼らに、ミリアがこっそり何かを渡している。

「ミリア、さっきから何をみんなにあげてるの？」

「何でもありませんよ、ふふふ」

キョウの街にはたくさんのお寺があった。

そこでは頭を丸くした僧侶たちが寝起きし、日々、厳しい戒律のもとに暮らしているという。

お寺には仏様を模した像が必ず置かれている。

仏様というのは神様とほぼ同義らしいけれど、結構な種類がいるらしく、お寺によって祀っている仏が違うそうだ。

見た目も武器を手にした厳《いか》つい男性から、腕が何本もあるようなものまで様々らしい。

中には高さ十メートルを超えるような巨大な仏像も存在していて、

「この仏像は、かつて起こった大規模な疫病を鎮めるために建立された。末法の世から衆生を救うとされる、ミローク菩薩である」

元僧侶のガイさんが教えてくれる。

この巨大なミローク菩薩は、一般人の拝観も可能で、僕たちも見学にきていた。

男性とも女性ともつかない見た目で、何かの思索に耽るように薄く微笑《ほほえ》んでいる。

圧倒されるような大きさなのに、不思議と圧迫感などはなく、むしろ包み込まれるような感覚があった。

「この仏、男なの、女なの？　随分と中性的な感じだけど」

「菩薩に男女の概念などない」

首を傾げるセレンに、ガイさんが言う。

「素晴らしいですね、この大きさ……いずれルーク様の像もこのぐらいは……いえ、せっかくですし、ぜひこの十倍の像を……」

ミリアが何やらぶつぶつ呟いている。

なぜか少し背筋がぞわぞわしてしまったのは気のせいだろうか？

そうして二、三日キョウの都を観光していると、神土からの使者がガイさんの実家にやってきた。

先日の返答だろう。

「ぜひ我が国にも、そのテツドウを建設していただきたいとのこと」

高位の役人たちの反応からして難しそうだと思っていたのに、意外にも認められたみたいだ。

「それからもう一つ、陛下からのご要望が……」

なんだろう？　何か条件付きってことなのかな？

「神王陛下以下、我がキョウ国の全国民を、あなたの村の村人にしてほしい、とのことにございます」

「……はい？」

一瞬何を言われたのか分からず、声が裏返ってしまった。

「え？　村人に？」

先日の謁見ではまったく出てこなかった話だ。

そもそも僕のギフトのことを知らなければ、そんな要望など出てくるはずもない。

「あの、それがどういう意味か、理解されてますか……？」

「もちろんでございます。わたくしめも、しかと拝読させていただきました」

拝読？　何のことだろう？

「ふふふ、よかったですね、ルーク様！　これでまた村人が増えますね！」

「……ねぇ、ミリア？　もしかして、また何かした？」

「何の話でしょう？　それより、善は急げです！　キョウの国の方々を村人に加え、そしてテッドウを通じていつでも行き来ができるようにいたしましょう！（この調子で、聖典をどんどん配布し、ルーク様の信徒を増やしてまいりましょう。もちろん、エドウとオオサクにも）」

第五章　やめられないとまらない

エドウ、オオサク、そしてキョウの三国の旅を終えて、僕たちは村へと戻ってきた。

「山脈の向こう側に、こんなどえらい都市があったなんて思いもよらんかったわ！」

「見てみい！　あそこ、普通にポーション売っとるで！」

「ほんまや！　って、ミノタウロス肉の串焼き!?　ほんもんやろか!?」

できたばかりの鉄道で早速やってきたらしく、すでに村で東方の商人たちを見かけた。

多分、オオサクの人たちだろう。さすがは商売の国の商人、フットワークが軽い。

エドウやキョウと違って、オオサクとは民間レベルでの貿易が行われる予定だ。オオサク側の許可を得た商人なら、好きに取引ができるのである。

しばらくすると、エドウからもサムライが個人で村にやってくるようになった。

ただしこちらは商売のためではない。

この村には実力のある剣士が多くいるという話が、いつの間にかエドウのサムライたちの間で広がって、腕試しや武者修行をしに来るようになったのである。

「そういえば最近、アカネさんはどうしてるかな？　この前マサミネさんが来たときは、まだ合わせる顔がないって言って隠れてたけど……」

魔境の山脈の単身踏破を今度こそ成し遂げるため、故郷に戻らず村で修行中のアカネさん。

サムライとしてのプライドにかけて、きっとハードな訓練を続けているはずだ。

高いモチベーションに加えて、この村の訓練場による後押しもある。そう遠くないうちに単身踏破も成功できるだろう。

「って、あれ？　アカネさんがいない？」

様子を見ようと訓練場を覗いてみると、そこにアカネさんの姿はなかった。

いつもここでトレーニングしている村人に聞いてみる。

「アカネさんは休憩中かな？」

「アカネというと、あの東方の？　そういえばこのところ、まったく見かけないなぁ。少し前まではよく来ていたんだが」

「あれ？　そうなんですか？」

もしかしてより実戦的な訓練のためにダンジョンに潜ってるのかな？

そう思って、ダンジョンの出入りを管理している冒険者ギルドに行ってみた。

「アカネ？　いえ、その方の出入りの記録はありません」

「え？　本当ですか？　じゃあ、ダンジョンには来てない……？」

「はい、間違いありません。非冒険者の方でも、必ず入場の際にはチェックをしていますので」

冒険者に登録していなくても、ダンジョンに入ることは可能なのだけれど、必ず入り口のところで入場の記録を取られるのだ。

「うーん、じゃあ、どこで訓練してるんだろう？　それとも、もう再挑戦しに行っちゃったとか……？　……まさか、どこかで切腹しちゃってたり？」

あり得ないことじゃない。すぐ腹を切りたがる彼女のことだ、貸している部屋で一人死んでいる可能性もあった。

「マップ機能で居場所を確かめてみよう」

村人として登録していれば、マップを使ってどこにいるのか調べることができるのだ。

プライベートを覗くみたいで気が引けるけれど、仕方がない。

「ええと……アカネさんを検索して……あ、いたいた。あれ、居住区の方じゃないぞ。これは、飲食街の方……？」

飲食店が多く集まっている一帯に、アカネさんを示す黒い点があった。

「ご飯でも食べてるところなのかな？　でもお昼時ならともかく、まだ午前中なんだけど……」

ともかく見に行ってみることに。

「ええと、この辺りのはずだけど……」

そのとき、とあるお店の前に、随分と恰幅《かっぷく》の良い女性がいることに気づく。

そこはハンバーガーのお店だ。

元々この国になかった食べ物だけれど、この村で作られるようになってから爆発的に広がり、今では各地でこれを真似《まね》た飲食店がたくさんできているほど。

店内で食べることも、テイクアウトすることも可能で、どうやらその女性はハンバーガー！をテイクアウトしたらしい。

その数は一個や二個ではない。両手で五個ものハンバーガーを抱えている。

しかもよく見ると、口の辺りにソースらしきものが付いていた。

もしかしてあの五個はおかわり……？　そもそもまだ午前中だよ？

そんなことしてるから太り過ぎちゃうんだ。あまり女性の体重を言うのも失礼かもしれないけれど、見た感じ軽く百キロは超えてるだろう。

腰に下げている刀が、もうほとんどお腹の肉に埋もれちゃってるし……って、刀？

「あ、アカネさん!?」

いやいや、そんなはずはない。

アカネさんは今、山脈の単独踏破を目指して日々、厳しい訓練をしているはず。

あんな風に肥え太るなんて……でも、東方特有の服装に加え、腰に下げている刀は、どう考えてもアカネさんだ。

「……アカネさん？」

僕が恐る恐る声をかけると、その女性がこちらを向いた。

顔が丸くなって別人みたいになっているけど、確かにこの顔はアカネさんに間違いない。名前にも反応したし。

「こんなところで何してるの？」

「る、ルーク殿!?　どどど、どうしたでござる!?」

「それはこっちの台詞《せりふ》なんだけど」

「み、見ての通り、ハンバーガーを買っているでござるよっ」

「五個も？」

「っ……拙者《せっしゃ》の国にはなかった食べ物でっ……つい、そのっ……」

分かりやすく動揺したアカネさんは、アタフタしながらハンバーガーを背中の方に隠す。今さら隠しても遅いんだけど。

「まぁハンバーガーの個数の問題じゃなくてさ。修行はどうしたの？」

「こ、これはあくまで腹ごしらえでござるよ！　腹が減っては戦《いくさ》ができぬというでござるからなっ！」

「ふぅん。でも最近ぜんぜん訓練場に来ないって聞いたけど」

「ぎくっ……」

問い詰めると、だらだらと脂汗を流し始めるアカネさん。

「もしかしてだけど……ちょっとアカネさんに貸してる部屋、見に行ってもいい？」

「い、いや、それはっ、なんというかっ、今は都合が悪いというかっ……」

「ええと、確か貸したのはこの辺の部屋だったよね」

しどろもどろになるアカネさんの手を摑み、僕は瞬間移動する。やってきたのはアカネさんの部屋のドアの前だ。

「ここはっ!? い、いま何をしたでござるか!?」

「瞬間移動だよ」

「そんなこともできるでござるか……っ!? これができれば、もっと簡単に食べ物を……」

「何ぶつぶつ言ってるの？ この部屋だよね？ 入っていい？」

「はっ!? い、いや、少し待って——」

「入るね」

僕は有無《うむ》を言わさず玄関のドアを開けた。

すると中から漂ってきたのは、猛烈な悪臭だった。たぶん生ごみとかの臭いだろう。

「うわっ、これは……」

思わず鼻を摘まみながら部屋の中を見回すと、床中に食べ物の残骸が散乱していた。

ハンバーガーを包んでいた紙や串焼きの串、飲み終わって洗っていないコップなどなど。

恐らくこの部屋で食い散らかしたものだろう。

「ベッドの上まで残骸が……それにまだ短い期間なのに、シーツに酷い染みができてる……。なるほど……つまり、修行もロクにしないで、部屋にこもって食って寝てばかりの生活をしてたってことだね」

僕の推理が図星だったのか、アカネさんは「うぅ」と呻《うめ》くことしかできない。

「ねぇ、修行のためにこの村に滞在してるんじゃなかったの？」

「……だ、だって！」

ぶるぶる贅肉を震わせていたアカネさんが、いきなり叫んだ。

「だって、この村の食事が美味《おい》し過ぎるのが悪いでござるうううううっ!!」

買ってきたばかりのハンバーガーを一つ手に取ると、包み紙を剥がし、かぶりつくアカネさん。

なんでこのタイミングで食べるの!?

「ううう、美味《うま》い！　もぐもぐ！　やはり美味すぎるでござる！　もぐもぐもぐもぐ！　一口食べると、もはや手が止まらなくなるでござる！　もぐもぐもぐもぐ！」

そしてあっという間に食べ終わると、すぐに次のハンバーガーへ。

「一個食べただけでは満足できないでござる！　もぐもぐ！　もう一個！　あと一個！　最後の一個！　そうやっていると、気づいたときには五個くらい、あっという間に食べ終わっているでござるよ！　もぐもぐもぐ」

結果、訓練にもいかずに食べまくり、ブクブク太っちゃったってことか。

てか、どこにそんなお金があったんだろう……。訓練に集中させてあげた方がいいだろうと思って、最低限の食費を出してあげていたのだけれど、こんな量を食べ続けていたなら、全然足りなかったはずだ。

「……ねぇ、あの覚悟は嘘だったの？　食欲に囚《とら》われ、あっさり決意を翻《ひるがえ》しちゃうなんて、それでもサムライなの？　もしそうだとしたら、サムライって大したことないんだね」

僕はあえて辛《しん》らつに指摘する。

「はっ!?」

我に返ったのか、ハンバーガーを口に運ぼうとしていた手が止まった。

「拙者は一体、何をしていたのでござろう……。サムライとしての矜持《きょうじ》を忘れ、このような食べ物に我を忘れていたなどっ……」

震える手からハンバーガーが落ち、床が汚れる。

「もはや死をもってしか雪《そそ》げぬほどの恥っ！　切腹いたすっ！」

「うわあああっ、ちょっと待っててっ！」

「……む？」

突然また腹を切ろうとしたアカネさんだったけれど、短刀を取り出そうとしたところで、その手が止まった。

「に、肉が邪魔で、短刀が取り出せぬでござる……っ!?」

僕は思わずその場にズッコケてしまった。

「な、なぜでござるっ？　手がまったく懐《ふところ》に入らぬっ!?」

愕然《がくぜん》としているアカネさんに、僕は真実を告げる。

「いや、めちゃくちゃ太ったからでしょ」

「太った……？」

「え？　気づいてないの？」

どうやら本人には自覚がなかったらしい。

「ちゃんと鏡で見た方がいいよ。ええと、全身を見れるような鏡は……あそこがいいかな」

アカネさんを連れて再び瞬間移動。

移動した先は、宮殿の一階にあるエントランスロビーだ。ここの壁の一部が全面、鏡張りになっているのである。

自分の全身を確認したアカネさんが絶句する。

「な……これが、拙者でござるか……？」

「そうだよ。絶望的なくらい太ってるでしょ」

「こんなだらしのない姿に……せ、切腹っ！　切腹して悔い改めるでござる！」

「だから短刀、取り出せないんでしょ？」

「はっ!?　くっ……拙者は、腹を切ることも許されぬというのか……」

愕然としてその場に膝を折るアカネさん。その重量で、どん、と大きな音が鳴った。

「それよりちゃんと修行しよう。痩せられて、また山脈の単身踏破も目指せる。一石二鳥だよ」

「……そうするでござる」

アカネさんはしょんぼりしながらも頷《うなず》く。

「でも、その腰の刀の方も抜けないんじゃない？」

「それはさすがにないでござるよ。自力で刀を抜けぬなど、もはやサムライに非《あら》ず……」

「どうしたの？」

「腹に腕がつっかえて、ぜんぜん抜けぬでござるううううううううううっ！　刀も抜けぬサムライに生きる価値などない！　切腹……って、それができぬのでござった!?」

「うん、とにかくまずは痩せよう……」

「それにしても、やっぱり工場の生産力はすごいね。お陰でキュアポーションを短期間で大量に作ることができちゃった」
〈工場：様々な製品を大量に生産・製造するための施設。安全第一〉

実はキュアポーションを用意するため、ギフトによって工場を作ったのだ。

これまでのポーション製造はすべてエルフたちによる手作業だったのを、できる範囲で機械化させることにより、生産力が大きく向上した。

メイセイ神王《しんのう》には、簡単じゃなかったとか言っちゃったけど、この工場のお陰でそんなに大変ではなかったりする。

工場でのポーション生産は、今後も続けていくつもりだ。

「各地と行き来が簡単にできるようになって、需要がどんどん増えてきてるしね」

もちろん素材となる薬草類もたくさん必要なので、畑の栽培面積をかなり増やしてある。

工場で生産しているのはポーションだけじゃない。

輸出用の食品加工に、衣類の裁縫、それから日用品や雑貨の生産なども、最近は工場で行うようになった。

他に農業用の機械なんかも工場で作っている。

僕が前世の記憶を頼りに提案し、ドワーフたちが形にしてくれたのだけれど、これにより農作業が大いに捗《はかど》るようになった。

「そういえば、ミリアに頼まれて印刷専用の工場も作ったっけ」

その割には、本が出版されたりしてるのを見ないけど……新聞とかチラシを作ってるわけでもなさそうだし……。

一体何を刷《す》っているんだろう？

◇　◇　◇

「やはり素晴らしいですね、この工場と呼ばれる施設は。さすがルーク様のお力」

「はい、ミリア様。お陰で聖典を大量生産することが可能になりました」

ルークのギフトによって設置された工場は幾つもある。

そのうちの一つが印刷工場であり、そこでは布教のためにも利用されている聖典『ルーク様伝説』が次々と作られていた。

……もちろんルーク本人はそれを知らない。

「どんどん印刷してください。これからもっともっと必要になるはずですから」

現在すでにキョウ国から大量の注文が入っている状況だが、エドウやオオサクへの布教も少しずつ進んでいる。

もちろんアレイスラ大教会を取り込んで以降、国内の信者も爆発的に増加していた。

「ふふふ、きっと世界中にルーク様のことが知れ渡る日も近いでしょう」

「ああ、なんと荘厳で神聖な空間なのぢゃ……。これほどの神殿を、一瞬にして作り上げてしまわれたとは……」

見目麗しき異国の女性が、感嘆の声を漏らしていた。

そこは荒野の村の大聖堂。今や各地から大勢の参拝客が訪れ、村の重要施設の一つとなっている場所である。

しかし彼女はただの普通の参拝客ではない。

彼女はキョウの国を治めるメイセイ神王、その人だった。

国民の前にも一切姿を見せることがない彼女だが、お忍びで国を離れ、魔境の山脈の向こう側にあるこの村にやってきたのである。

以前であれば、そんな危険な真似など絶対に不可能だった。

だが現在は、キョウの中心地から、地下を通る鉄道を使うことで、短時間で、しかも安全に、この村を訪れることができるのだ。

「この神殿だけではない。そもそもこのような荒野に、たった数年でこれほどの都市を築いてしまうとは……これが救世主のお力でなければ、何だというのぢゃ。やはりルーク様は、この世界に顕現されたミローク菩薩《ぼさつ》に違いあるまい」

そう改めて確信した彼女は、涙を流しながら誓うのだった。

「こうして同時代に生まれ落ちるなど、これほどの僥倖《ぎょうこう》は他にない。朕《ちん》は生涯をかけてあのお方に仕え、その手足として生きるのぢゃ」

◇　◇　◇

ここ最近、キョウの国からこの村へとやってくる人が急に増えた。エドウのサムライのような武者修行のためでも、オオサクの商人たちのような商売のためでもない。

彼らのお目当ては、どうやら大聖堂らしい。

〈大聖堂：信仰の中心となる聖なる施設。ここで真摯《しんし》に祈りを捧げれば、様々な恩恵を受けられるかも？〉

何千人という収容人数を誇るはずの大聖堂の前に、キョウから来た参拝客で行列ができてしまうほどだ。

そのためアレイスラ大教会から派遣されてきた神官たちが、一日に何度も礼拝を行っている。

「でも、何でこんなに……？　キョウの国って、別の宗教を信仰してるはずだよね？」

宗教戦争が勃発したらどうしようと思っているのだけれど、不思議なことに参拝客の多くがガイさんのように頭を丸めた人たちなのだ。

仏の教えの深い信奉者であるはずの彼らが、別の宗教の施設にやってくること自体、おかしなことだった。

「これからまだまだ増えそうだし、彼らのための宿泊施設を作った方がよさそうだね」

そんなふうに考えていると、ふとあるものが目に入った。

「泣いてる……？」

きっと参拝客の一人だろう。まだ十代半ばくらいの女性が、あまり見たことないレベルで涙を流していたのだ。

見た目からして東方の人だと思うけど、何か嫌なことでもあったのかもしれない。

さすがに放っておくわけにもいかず、僕は声をかけた。

「あの、大丈夫？」

「っ！　る、ルーク様!?」

こちらを振り返った瞬間、びっくりしたように目を見開く女性。

ルーク、様？　何でいきなり様付け……？

それに面識がないはずなのに、なぜ僕がルークだと分かったのだろう？

名前だけなら聞いていてもおかしくはないけど……。

「あれ？　でも今の声、どこかで聞いたことあるような？」

「（まさか、いきなりルーク様に声をかけていただけるなんて……っ！）」

「もしかして会ったことある？」

「（ああっ、僭越しではなく、直接ルーク様の尊顔を拝めるなんて……っ！　ぢゃが、それはすなわち朕の顔も見られておるということ……っ！)」

「ええと……だ、大丈夫？　なんか、すごく顔が赤くなってるけど……」

「(ああああっ！　は、恥ずかしいのぢゃ！　普段から簾越しに人と話してばかりぢゃから、こんなふうに面と向かって会話するだけでも緊張してしまうというのに、ましてや相手がいきなりルーク様など……っ！)」

……わたわたしているだけで、全然こちらの質問に答えてくれない。

「(変なやつと思われているかもしれぬっ！　どどど、どうすればよいのぢゃあああっ!?　こ、こうなったら……逃げるしかなぁぁぁいっ！)」

「あっ……行っちゃった」

急に踵《きびす》を返して、一目散に走っていってしまった。

僕、何か変なこと言っちゃったかな……？


その日、恐れていたことが起こった。

獣人たちの集落に置いていている影武者が、深刻な事態を報告してきたのだ。

『女装している男であることがバレそうなんだけど』

『ぎゃーっ！』

以前、村で開催された武闘会。

そこで色々あって、一定期間、女装し続けるという罰を受けたときに、男子禁制と知らずに僕は猫族の女性たちの集落に立ち入ってしまった。

そこではもし男子が許可を得ずに侵入すると、問答無用で処刑されてしまうという。

そのため、罰の期間が終わった後も、あそこの影武者だけは、女装姿を続けさせていたのだ。

『な、何でバレそうなの……？』

『最近、人族と少しずつ和解し始めていることもあって、一部の獣人たちが人族の街に行ったらしいんだ。たぶん、カイオン公爵領の領都だと思うけど、そこでどうやら偶然にも、女装してない影武者を見ちゃったみたいでさ。一体どういうことだと街の人に聞いたら……』

『……僕のことを話しちゃったってことか』

半信半疑の人も多いようだけど、僕がギフトで影武者を作れるというのは、国内ならすでに各地で知られているからね。

『今ちょうど問い詰められてて。服を脱がして確かめてやろうかって話までされてる』

『そんな手荒い手段はやめて！』

大ピンチのようだ。

影武者では対処し切れないだろうと判断して、僕は意識を女装した影武者へと飛ばした。

すると僕は猫族の女性に羽交い絞めにされ、すでに穿《は》いていたスカートがパンツの真ん中くらいまでずり下ろされていた。

「って、もう脱がされかけてる!? ちょっ、やめてっ!」

「おい、てめぇ、ちゃんと洗いざらい話しやがれ。さもなけりゃ、てめぇのち○ち○、この集落中の女たちどころか、全獣人族の女たちに観賞させてやるぞ?」

そんな恐ろしい脅《おど》しをしてくるのは、猫族の女性たちのリーダーであるリリさんだ。

「は、話したら脱がさないでくれるの?」

「ああ、観賞するのはこの集落中の女たちだけで勘弁してやるよ」

どのみち観賞はされてしまうっぽい。

「もちろん処刑はそれとは別な?」

「ひいいいっ!?」

「リリ姉さん! こんな可愛《かわい》い男の子がいるわけないだろ!? きっと何かの間違いだって!」

一方、リリさんの妹であるララさんは、それを止めようとしてくれている。

「本当に間違いかどうか、実際に見てみりゃ分かるだろ」

「……だ、だからって」

「なんだ? ララ、てめぇもしかして、男のアレを見るのは初めてか? おいおい、そんなに身構えるようなもんでもねぇぞ」

「べべべ、別にそういうわけじゃないし!? よ、よぉし! あたしのこの目で、しっかりと確認し

てやるからな！」

目を大きく見開き、見る気満々になるララさん。

ダメだ、味方がいなくなった……。

「おい、やっちまえ」

リリさんの命令を受けて、屈強そうな猫族の女性が、僕のスカートを下まで完全に下げてしまう。

……露《あらわ》になった下着は一応女性モノだ。恥ずかしい！

「さぁて、たっぷり拝ませてもらうとするか、てめぇの本体をなァ……じゅるり」

「なんかちょっと楽しんでない!?」

影武者はいつでも消すことができる。

だけど、新たに作り出すには結構な村ポイントが必要なので、できれば避けたい。

かといって、このまま大勢の前で下半身を晒《さら》すのはもっと御免だ。影武者といっても、その身体は僕自身と完璧に同じなのだ。

となると――

「瞬間移動」

「「へ？」」

一瞬にして目の前から僕の姿が掻き消え、呆然とする獣人たち。

ふっふっふ、僕にはこの便利なスキルがあるのだ！

「き、消えた……？」

「おい見ろ！　あそこだ！」

「いつの間に屋根の上に!?」

僕は近くの家の屋根の上に逃げていた。

そこで脱がされたスカートを穿きなおしつつ、溜息混じりに告げる。

「はぁ……分かったよ。こうなったらすべて話すことにする」

そうして僕は彼女たちに語ったのだった。

なぜ女装姿でこの集落に立ち入らざるを得なくなってしまったのか、その悲劇の始まりを……。


「ぎゃはははははははっ！　それでてめぇは女の格好でうちにやってきたってわけか！　ぎゃはははははっ！」

洗いざらい話したら、リリさんにめちゃくちゃ笑われてしまった。

これは……もしかして、あんまり怒ってない？

僕はチャンスと見て、一気に持論を展開させる。

「こ、この身体はあくまでも影武者なんだ！　確かに影武者はこの集落のルールに抵触したかもしれないけど、本体の僕がこの集落に立ち入ったことは一度もなくて！」

なのでもし処刑するというのなら、この影武者だけにしてもらいたい。

「なるほど……だが、さっきまでのてめぇと今のてめぇじゃ、随分と受け答えの質が違うなァ？」

「ぎくっ」

「もしかして、影武者を本体が直接操《あやつ》ることもできるんじゃねぇのか？」

「ぎくぎくっ」

「つまり、あたしの推測が正しければ、今ここにいるのは影武者でありながら、中身は本体っつーことだ。それは果たして、本体が集落に入ったことはないと言えるもんかねぇ？」

「ぎくぎくぎくっ」

な、なんて鋭い……。

たった今、影武者のことを知ったばかりだというのに、そこまで推理してしまうなんて。

「影武者が見ている光景を、本体が見ることだって可能かもしれねぇ。そうなると……てめぇ、前に一度、一緒に風呂に入ったことがあったよなァ？」

「み、見てない！　見てないから！」

「ほう？　その反応ってことは、一緒に風呂に入ったのは知ってるわけだ」

「っ!?」

ダメだ、何か言うたびにボロが出て、追い込まれてしまいそう……。

「あ、あたしも一緒に入ってた……男と一緒に、お風呂に……うぅ……」

顔を赤くし、涙目で呻いているのはララさんだ。

そもそも嫌がる僕を無理やりお風呂に入れたのが悪いんでしょ！

と言いたかったけれど、またリリさんに付け込まれそうなので我慢した。

「くくく、まぁてめぇには色々と恩があるからな。処刑だけは勘弁してやろうじゃねぇか」

「ほ、本当っ？」

ん？　処刑だけは？

「ただしその代わり……ち○ち○はしっかり拝ませてもらうぜ！　てめぇら、かかれ！」

「ぎゃあああああっ!?」

猫族の女性たちが一斉に躍りかかってきた。

――それから数十分後。

「はぁ、はぁ、はぁ……くそ、あちこち逃げやがって！」

リリさんが肩で息をしながら、忌々《いまいま》しげに吐き捨てる。

「逃げるに決まってるよ！」

「いいじゃねぇか、別に。減るもんじゃねぇんだからよ」

「そういう問題じゃない！」

リリさんの号令のもと、僕の服を脱がそうと集落の女性たち全員が襲い掛かってきたものの、それをどうにか凌《しの》ぎ切っていた。

まぁこっちは瞬間移動が使えるのだから、むしろ逃げられて当然だけど。

「ちっ、仕方ねぇ。今日のところはてめぇのアレを拝むのは諦めてやるか」

「今日のところは……？」

もしかして今後も事あるごとに狙ってくるつもりだろうか……。

絶対に脱げない下着でも作ってもらって、それを穿いておいた方がいいかもしれない。

ともあれ、実は少しホッとしていた。

何せ今までずっと彼女たちには嘘をつき続けていたのだ。男だとバレてしまったことで、肩の荷が降りた感じがする。

それに、これでもう僕はこの集落に来ても、女の子のフリをしなくて済むのだ。

つまりは、女装姿から完全に卒業できるということ！

そう心の中で歓喜していると、リリさんがとんでもないことを言い出した。

「あ、ちなみに今後もあたしら獣人族のとこに来るときは、その女装姿は必須な」

「……はい？」

「もちろん、この集落だけじゃねぇぞ。他の集落に行くときもだ」

「な、何で!?　この集落だけというならまだ理解できなくもないけど、他の獣人たちのところでも!?」

「まぁうちの集落以外は、どうしても嫌だというなら別に構わねぇが……他の連中もてめぇのことを本当の女だとばかり思ってるぜ？　だから今まで、そういうつもりで接してこられたんじゃねぇのか？」

言われて、僕はハッとする。

意識を移していないとき、影武者はオートモードで動いてもらっているのだ。

知らないうちに、どこかで男だとバレたらまずいような行動をしているかもしれない。

「悪いことは言わねぇから、今後も騙《だま》しておいた方がいいと思うぜ？　あたしらなんかより、よっぽど恐ろしい連中もいるからよ」

僕はその場に膝をつき、がっくりと項垂《うなだ》れた。

「せっかく今度こそ、この格好から解放されると思ったのに……」

第六章　使者団

その日、僕は国王陛下に呼び出されてしまっていた。

「もしかして、また何か面倒な案件を押し付けられたりするんじゃないよね？　それとも東の国々と勝手に貿易を始めちゃったことを怒られるとか……？」

あまり乗り気にはなれないけれど、応じないわけにはいかない。

幸い瞬間移動を使えば、王宮まで一瞬だ。

というか、瞬間移動を使えること、黙ってたらよかったなぁ……僕がいつでも一瞬で出向けるって分かってるからこそ、気軽に呼ばれちゃってる気がする。

最近は僕の移動先として、専用の部屋まで作られてしまっているほどだ。

「ルーク様、お待ちしておりましたわ」

「……王女様」

そしてこの部屋には、必ずと言っていいほど、ダリネア王女が待ち構えていた。

「ふふ、嫌ですわ、ルーク様。わたくしのことは、ダーリと愛称で呼んでくださいと何度も申し上げておりますの」

「いや、そう言われても、一国の王女様をそんなふうには……」

僕がどうにか無茶な要求を突っぱねようとすると、王女は悲しそうに目を伏せて、

「どうしてですの……影武者様の方は、ダーリと呼んでくださっていますのに……」

「…………後でしっかり学習させておかないと」

王宮には常に一体の影武者を置いていた。

王都での必要な作業は終わっており、とっとと引き上げさせたかったのだけれど、王様や王女様に懇願されて、王宮内の一室に住まわせたままなのである。

「それでは代わりに、わたくしがルーク様のことをダーリンとお呼びしちゃったりしても？」

「何でそうなるの!?」

って、僕は王女様と話をしにきたわけじゃない。

「ええと、王様を待たせていると思うので……」

どうにかやり取りを切り上げ、謁見の間へ。

「おお、ルークよ、よく来てくれたな」

玉座に腰かけて待っていたのは、このセルティア王国を治める国王、ダリオス十三世だ。

年齢は三十代後半。宮廷貴族の傀儡《かいらい》と化していた先代の国王たちとは対照的に、非常に優秀な王様で、アルベイル家を打倒した後は、内乱状態にあったこの国を再び王権によって一つに纏《まと》め上げ

つつあった。

「今回はどのようなご用件でしょう？」

「……そう身構えてくれるな。確かにいつも貴殿には頼りっぱなしではあるが……今日は余の方に用事があるわけではない。貴殿とぜひ会いたいという者がおるのだ」

「会いたいという人……？」

一体誰だろうと首を傾げていると、王様の呼びかけを受けて、部屋に何人か入ってくる。

その中の一人、まだ二十代半ばほどと思われる若い女性が、代表して口を開いた。

「ルーク様、お会いできて大変光栄です。私の名はイアンナ。ゴバルード共和国の使者でございます」

「ゴバルード共和国……？　というと、確かこの国の西の？」

西側でセルティア王国と接している国の一つ、それがゴバルード共和国だ。

君主を持たず、議会によって統治されているこの国は、複数の自治国が集まって形成された連合国家でもあるという。

ただしそれでも、国の規模としてはセルティアより少し小さい。

「左様でございます」

「ええと、隣国の使者さんが、僕に何の用事でしょうか……？」

「実はルーク様が治める荒野の都市の噂をお伺いいたしまして。なんでも、ごく短期間のうちに、先進的で画期的な素晴らしい都市を作り上げたと聞いております」

一応、村だけどね？

「我々といたしましては、ぜひともその都市を視察させていただき、我が国の街づくりにその知見を活《い》かしたいと考えていたのです」

「うーん……たとえ他国の人だろうと、うちでは来る人を拒《こば》むようなことはしてないので、視察自体は幾らでもしていただいて構わないです。ただ残念ながら、あんまり参考にはならないんじゃないかな……と」

なにせギフトによって作った村だ。

例えばインフラの仕組みなどを聞かれても、まったく答えられない。

「ありがとうございます！」

だけど、イアンナさんを筆頭に、使者団の人たちがめちゃくちゃ喜んでいる。

ぬか喜びになっちゃうと悪いなぁ。

ともあれ、こうしてゴバルード共和国の使者団を、村に案内することになった。

王都から村に向かうのに、一番速いのはもちろん瞬間移動なのだけれど、

「この国には、ルーク様が考案されたテツドウというものがあると聞いております。ぜひそれにも乗せていただけないでしょうか？」

とお願いされたので、鉄道を使うことに。鉄道は僕が考案したわけじゃないけどね。

王都の地下に設けた駅に向かう。

「これが鉄道の乗り場になります」

「もしかしてあの巨大な四角い箱が……」

「はい。あれに乗っていれば、勝手に目的地まで連れていってくれますよ」

「あ、あんなものが動くというのですか？」

「そうです」

どういう原理なのかは聞かないでほしい。答えられないので。

そうして全員で車内に乗り込むと、しばらくして電車が動き出した。

「「ほ、本当に動いている!?」」

ちなみに現在、王国各地を結ぶこの鉄道網は国に管理や運営を任せていて、時刻表を公開し、電車を定期運行している。

車内には一般の客もたくさんいるので、車両を一つ使者団用に貸し切りにさせてもらった。

「基本的には地下を通っていきますが、走っているのが分かりやすいように一部、外を走るようにしてあります。あ、さっそく地上に出ますね」

ずっと地下の変わらない光景が続くせいか、何か不思議な魔法を使っているのではないかという声が多数寄せられていた。

せっかくだし外の風景も見たいよね、ということもあって、一部の区間は外を走るようにしたのだ。

　やがて電車が地上へ浮上する。魔物や人の侵入を防ぐために、高架の上を走らせていた。これは橋をカスタマイズして作ったものである。

〈橋：鉄筋コンクリート製の橋。高強度。抗劣化。構造や形状の選択が可能〉

「なんという速さだ!?　王都が凄い勢いで遠ざかっていく……っ！」

「おい、あれを見ろ！　空を飛ぶ鳥が止まって見えるぞ！」

「間違いなく全速力の馬よりも速い！」

　興奮して叫ぶ使者団の人たち。

　そうしてしばらく王都の外を走った後、再び電車は地下へと潜っていった。

　窓の外の暗闇が続き、落ち着いたところで、イアンナさんが訊いてきた。

「ところで、ルーク様。このテツドウというものを、あっという間に建設してしまわれたと聞いているのですが……」

「あ、はい。実はそうなんです」

　すでに異国にまで噂が広がっているのかと驚きつつ、僕は頷く。

　それとも王様から聞いたのかな？

「ギフトで作り出したので、正直どんな原理で動いているのか、説明してほしいと言われても説明できないんですよ」

「なるほど……。ちなみにそのギフト、巨大な城壁を一瞬で作り出すことも可能だとか……。例えば、バルステ王国との国境近くにある〝万里の長城〟なんかも……」

どうやら万里の長城のことまで知っているらしい。

「そうですね……もちろん、無制限に作れるってわけじゃないですけど」

と言いつつ、村人の数が増えた今、ほとんど村ポイントが枯渇することはなくなっていた。

その後、一時間ほどで村に到着――移動中、僕は影武者と入れ替わっていたけど――して地上に出ると、イアンナさんたちは目を丸くした。

「こ、これが、何もない荒野にたった数年で作った街だというのですか……？」

「先ほどの王都以上では……」

「見ろ、あそこ！　空中に何かが浮いているぞ!?」

「あれは遊園地ですね。『空』をテーマにしているので、丸ごと空に浮かべてます」

「「「？？？」」」

「宇宙」をテーマにした遊園地は失敗に終わったので、この世界の人々にも馴染みのあるテーマで作り直したのである。

リニューアルオープン以来、連日の大盛況となっていた。

「(しょ、正直この国に来るまでは半信半疑でしたが、やはりバルステ王国から聞いていた通りのようですね……。もしこのお方の力をお借りすることができれば、きっと我が国を……っ！　絶対に失敗は許されません！）」

「イアンナさん？　どうされましたか？　なんか思い詰めてるような顔をされてますけど……」

「い、いえ！　何でもありません！　驚きのあまり、つい呆然としていただけです！」

　そうしてゴバルード共和国の使者団一行を、ひとまずこの村の中心にある宮殿に案内しようとしたときだった。

「あっ、村長様だ！」

「村長様～っ！」

「また遊ぼうぜ～っ！」

　駆け寄ってきたのは村の子供たちだ。今は客人が来ているので後にしてほしいと言おうとしたところで、その中の一人が自慢げに主張した。

「ねぇねぇ村長様！　あたし、また背が伸びたんだ！　たぶんもう、村長様より高いかもしれないよ！」

「えっ？」

　まだ十歳の少女だ。確かにこの子は同年代と比べると大きい方かもしれないけれど、さすがに十四歳の僕には及ばないはず。

「ほら！」

「っ!?」

横に並ばれると、すぐ目の前に彼女の顔があった。

目線がほぼ一緒……いや、少し僕の方が低い……？

「そ、そんなはずは……」

愕然としながらも現実を受け入れられないでいると、他の子供たちが残酷な言葉を口にした。

「ほんとだ！　村長様の方が低い！」

「身長ぬかしてるよ！」

「すでに一センチくらい抜いてる！」

がーん……。しかも一センチも僕の方が低いだって……？

「あはは、このまま行ったら、そのうちあたし、村長様を見下ろしちゃうね！」

「ぼ、僕もまだ背が伸びてる途中だし!?　これから再逆転する可能性もあるし!?」

「伸びてるって……村長様、二年前からほとんど変わってないでしょ？」

「うっ」

彼女は最初期にこの村に来た難民の一人だ。

当時は僕の方が明らかに大きかったのに……。

「そんな……」

「落ち込まなくていいよ、村長様！　だって村長様はそのままが一番かわいいもん！」

「ぐはっ」

十歳の女の子に「かわいい」と言われて、僕はよろめいた。

「僕は男らしくなりたいのに……どうして……」

現実に打ちひしがれていると、イアンナさんが慰めるように声をかけてくれる。

「大丈夫ですよ、ルーク様！　きっとまだまだ背が伸びますから！」

「ほ、本当ですか……？」

「本当です！　女性と違って、男性の方が伸びるピークが遅いとされてますし！　まだ十四歳なら再逆転のチャンスは大いにありますよ！」

まだチャンスはある……そうだ、諦めたらそこで試合終了だ。

「そうですよね！　頑張ればきっと伸びますよね！」

「その通りです！（ルーク様は身長がコンプレックス、と……これは有力な情報をゲットできましたよ！）」

どうにか気を取り直した僕は、子供たちと遊ぶのは影武者に任せて、使者団を宮殿へと連れていく。宮殿内にはこういうときのために、客人が宿泊できるフロアもあるのだ。

「あの、ルーク様……私の見間違いでなければ、先ほどルーク様と瓜二つの姿をした方がいきなり出現されたように見えたのですが……」

「あれはギフトで生み出した僕の影武者です。自律行動してくれるので便利なんですよ」

「……」

天高く聳《そび》え立つ宮殿を前に、ひとしきり驚愕《きょうがく》した使者団を中に案内する。

「とまぁ、各フロアをそんな感じで利用してます。ちなみに今回、皆さんに泊まっていただくフロアは十階になります」

宮殿のことを一通り説明すると、イアンナさんが訊いてきた。

「ところで、謁見の間はどちらに？」

「そんなところはありませんよ？　僕、王様じゃないですから」

王様が謁見の間として利用しそうな広い部屋はあるけどね。

僕はただの村長なので、客人と話をしたりするのは普通の会議室だ。親しい相手だと、最上階の居住フロアに来てもらう。

「はっ！　そういえば、失念しておりました！　こちら、ぜひお受け取りください。我が国の名産品でございます」

そう言ってイアンナさんが差し出してきたのは、壺や食器などの工芸品だった。

思わず目を奪われるような鮮やかな色彩と美しく繊細な形状で、相当な職人技によって作られた高級品だろう。

こんな高価そうなものを貰ってしまっていいのかと、一瞬断りそうになったけれど、さすがに受け取りを拒否するのはかえって相手に失礼だ。

「いいんですか？」

「もちろんです。視察を快く受け入れてくださったお礼でございます。むしろ、果たしてこのようなもので十分なものか……」

「いえいえ、十分すぎるくらいですよ。……代わりと言ってはなんですけど、今からこの村の名物料理をご用意させていただきますね」

「「「うめええええええええええええええええええええええっ⁉」」」

◇　◇　◇

イアンナたちゴバルード共和国の使者団は、数日ほど村に滞在。幾度となく驚愕させられっぱなしだった彼らは、やがて帰国の途に就くことに。

「何か参考になったことはありましたか？」

「もちろんです！　本当にありがとうございました！」

「そうですか。それならよかったです。またいつでもお越しください」

ルーク村長に何度も礼を言って、彼らは村を発った。

帰りもまた行きと同様、国境近くの街まで電車の予定だったが、

「影武者に瞬間移動で送らせますね」

と言われて、本当に一瞬で両国の国境に飛んでしまった。

その影武者が帰っていったところで、イアンナは緊張の糸が解けたのか、大きく息を吐く。

「それにしても、とんでもないところでしたね……予想の遥か上をいっていました……」

「左様ですな。しかもあれがすべて、あの少年のギフトによるものだとは……」

使者団の一人が頷くが、逆にイアンナは首を振ってそれを否定した。

「いえ、それだけではないでしょう。確かにルーク様のギフトの力は大きい。ですが、彼を慕う村人たちの協力があってこそ、あれほどの都市を作り上げることができたのだと思います。それはひとえに、ルーク様のあの人を惹きつける大いなる魅力によるもの……それもそのはず」

そこでイアンナは胸の内をぶちまけるように叫んだ。


「だってルーク様、めちゃくちゃかわいいんですものおおおおおおおおおおおおっ！」


鼻息を荒くしながら、彼女は溢れ出る感情のままに主張する。

「母性っ！　私の中の母性が大爆発してしまいますっ！　身長が伸びてほしいですって!?　何をおっしゃってるのですか！　そのまま！　そのままが良いに決まってるでしょう!?」

「お、落ち着いてくだされ、イアンナ様……っ！」

「はっ？　も、申し訳ありません。少々取り乱しました」

「「「……」」」

若くして使者団のリーダーに選ばれたイアンナの乱心に、他の使者たちがドン引きしている。

「ごほん。もちろん、見た目だけではなく、素晴らしい人格者であることも、彼が慕われる大きな理由でしょう。そんな彼を利用することになるのは心苦しい限りですが……すぐに国に戻り、取るべき手を考えましょう。私たちに残されている時間はそう長くありません。なんとしてでもルーク様に取り入って、そのお力をお借りせねば……」

◇　◇　◇

ゴバルード共和国の使者団を見送った後、僕は訓練場に来ていた。

「ぜぇぜぇぜぇっ……こ、これはなかなか、キツいでござる……っ！」

ドタドタドタと大きな音を立てながら、アカネさんがランニングマシンの上を走っている。

最近開発されたこの機械は、ずっとその場にいながらランニングができるというもので、訓練場内に十台ほど設置され、特にダイエットを試みる女性たちによく利用されていた。

この村の食事にハマってしまったせいで、すっかり太ってしまったアカネさんもまた、これを利用してダイエットに挑んでいるらしい。

「しかし、なんのこれしきっ！　ぜぇはぁっ！　怠《なま》けてしまった己の弱い心に鞭を打ち、必ずや痩せてみせるでござるよぉっ！　もぐもぐもぐ」

「ちょっと待ったぁぁぁっ！」

僕は思わず叫んでしまう。

「何でござるか、ルーク殿？　拙者は今、心を改め、貴殿に言われた通り、ダイエットに勤《いそ》しんでおるところでござる！」

「じゃあ、その手に持ってるものは何？」

「これは……栄養補給のためのものでござる」

「うん、確かに痩せると言っても、まったく食べないというのはよくないと思うよ。でもね……明らかに多すぎるでしょ!?」

ランニングマシンで走るアカネさんの手には、ドーナツが握られていた。

それも一つや二つじゃない。

右手に五個、左手に四個の計九個だ。チョコレートや砂糖がコーティングされていて、どう考えてもハイカロリーである。

「量もだけど、そもそもドーナツ自体が、ダイエットのときに食べるようなものじゃないよね？」

「い、いや、その……こ、これを食べることで、よりダイエットに身が入るのでござるよ！　つま

ハムハム

り、ダイエットに必須ということでござる！」

問い詰めると、そんな苦しい言い訳を口にする。

「結果的にそれで痩せているというなら別に文句はないけど……」

僕は彼女のお腹をビシッと指さし、はっきりと断言してやった。

「むしろ前回会ったときより明らかに太ってるから！　お腹が一回り大きくなってる！」

「が、があああああんっ」

アカネさんはショックを受けたように頭を抱える。

「そんな……あれだけ走ったのに……」

「それ以上に食べてたからでしょ！　てか、気づいてなかったの？　あ、体重計がないから自分じゃ分からないのか」

この世界では体重を量るということはまだあまり一般的じゃない。

天秤《てんびん》や、バネを使った秤《はかり》はあるけれど、主に荷物などの重さを量ることに利用されている。

あとで製造工場に行って、人間の体重を計測するための専用の機器を作ってもらおう。

と、そのとき後ろから驚くような声が聞こえてきた。

「……そ、そこにおられるのは……もしや、姉上ではござらぬか!?」

振り返ると、そこにいたのはエドウのサムライらしき少年だった。

今、姉上って……。

「っ!?　ゴン……っ!?」

「や、やはりその声、間違いなく姉上でござる！」

ゴンと呼ばれた少年は、どうやらアカネさんの弟らしい。最近、エドウから武者修行に来る人が増えているし、きっと彼もその一人なのだろう。

一方、ブクブクと太ってしまったアカネさんは、その姿を弟に見られると思っていなかったようで、顔が見る見るうちに真っ青になっていく。

「ななな、なぜお前がここに!?」

「この村の噂を耳にし、それがしも剣の修行に来たでござる。しかし、ここにいらっしゃるということは、姉上はやはりあの魔境の山脈を踏破されたのでござるな！　さすが、姉上でござる！」

大きな勘違いをしながら、目を輝かせて姉を称賛するゴンくん。

一体どう応じるのかと思っていると、アカネさんは盛大に目を泳がせつつ頷いた。

「う、う、うむっ！　命懸けの戦いではあったが、拙者は成し遂げてみせたでござる！」

思いっきり嘘ついたよ、この人!?

「おおっ！　姉上、ぜひそのときの武勇伝を聞きたいでござる！」

「そそそ、そうであるなっ！　拙者もぜひとも話したいところであるが、生憎《あいにく》と今は修行中でござる！　また後にしてもらえると嬉しいでござるよ！」

「承知でござる！　……しかし姉上、少し見ぬうちに、随分と、その……肥えてしまわれたような……？　てっきり関取《せきとり》かと思い、最初は姉上とは気づかなかったでござる」

「関取……そ、そこまで……」

衝撃を受けてよろめくアカネさん。

「こ、これはでござるな、その、山脈踏破の激しさゆえに体力を大いに消耗し……い、今は回復のために、しっかりと食を取っているところでござって……」

何とか取り繕おうとしているけど、さすがに太り過ぎでしょ。

「な、なるほどでござる……っ！　あの姉上がそこまで肉体的に追い詰められるとは……やはり魔境の山脈は恐ろしいところでござる……」

だけどゴンくんは納得した様子だ。

うーん、騙されやすいタイプなのかな？

「で、では、拙者は修行があるのでこれで！　ゴン、お前も頑張るでござるよ……っ！」

嘘をついている罪悪感からか、頬を引きつらせながら逃げるようにこの場を去ろうとするアカネさんだったけれど、太り過ぎた身体をまだ扱い切れていないようで、

ゴキッ！

「ぎゃっ!?」

足を挫《くじ》いてその場にひっくり返ってしまう。

「大丈夫でござるか、姉上!?」

「だだだ、大丈夫でござるよっ！　〜っ！　〜っ！」

慌てて立とうとするけれど、身体が重すぎるせいでまったく起き上がれない。

「くっ、姉上っ！　やはり、魔境の山脈を踏破した後遺症が酷いのでござるなっ！」

相変わらずゴンくんは勘違いしてるけど。

「(ぜ、絶対っ、すぐに痩せてみせるでござるううううううっ!!)」

お陰でアカネさんは今度こそ本気のダイエットを決意したみたいだった。

第七章　ローダ王国

ゴバルード共和国の使者団は、最初の訪問の後も幾度となく村にやってきた。

そのうちこの村が直接、砂漠や東方の国々との貿易を行っていることを知った彼らは、ぜひ自国も仲間に入れてほしいと願い出てきて、ゴバルードとこの国を結ぶ鉄道を敷設《ふせつ》することになった。

「ところでルーク様、ぜひとも一度、我が国にお越しいただけないでしょうか？」

「え？　ゴバルードに？」

イアンナさんからの提案に、僕は思わず聞き返す。

「はい。我が国の首相も、ぜひルーク様にお会いしたいと申しておりまして」

共和国であるゴバルードには国王がいない。

代わりに議会の中から選挙で選ばれた人が、一定の期間、国のトップを務めるそうだ。

うーん、正直、偉い人に会うのはあんまり好きじゃないんだけどなぁ……。まぁ最近しょっちゅう会ってるけど。

ともあれ、せっかくの招待を断るわけにもいかない。

「楽しそうじゃない！　私も行きたいわ！　連れていきなさいよ！」

セレンもこう言ってることだし……。

そんなわけで、僕たちはゴバルードへ観光（？）に行くことになった。

「国境まではやはりテツドウで移動されるのが速いかと。そこからは首都まで馬車でご案内させていただきます」

「あ、空を飛んでいくので大丈夫ですよ」

「空を……？」

馬車を使うより、いつものように公園で空を移動する方が早く着けるはずだ。

ゴバルードに赴くことになったのは、僕とセレン、フィリアさん、セリウスくん、ノエルくん、それからダントさんとブルックリさんの計七名。

ダントさんはかつてアルベイル領北部の代官を務めていた人で、現在はこの村の外交関係のリーダーを担《にな》ってくれている。

一方、ブルックリさんは村の商売や経済に関するリーダーだ。

砂漠や東方の国々との貿易に関して具体的なことは彼らが進めてくれていて、今回せっかくゴバルード共和国に赴くのだから、二人を連れていった方がいいだろうと考えたのである。

ちなみにミリアは最近色々と忙しいようで、今回は同行できなそうだった。

……それをセレンが喜んで、また喧嘩になったのだけれど、それはいつものことなので置いておくとしよう。

「まずは国境まで瞬間移動で行きますね」

案内人のイアンナさんも含めて、全員で国境付近まで飛ぶ。

「ここはタリスター公爵領ね」

「うん。ゴバルード共和国は、タリスター公爵領と接しているから」

タリスター公爵領から南に行けばバルステ王国で、西に行けばゴバルード共和国だ。

つまりタリスター公爵領は、二つの国に対する国防を担うような位置にあるということになる。

ただ、一度この国に攻めてきたバルステと違い、ゴバルードはあまり領土拡大への野心がないらしい。

「我が国は共和制となって以降、一度も他国を侵略したことはないのです」

イアンナさんが誇らしげに言う。好戦的なバルステとは対照的だ。

そのバルステとゴバルードもまた領土が接しているのだけれど、バルステ側に何やらゴバルードへの大きな恩があるらしく、両国は長らく友好関係にあるそうだ。

「ではこの公園に乗ってください」

その場で作り出した公園の上に全員が移動する。

「飛びますね」

「っ!?　ほ、本当に浮いていています!?」

公園を宙に浮かせると、イアンナさんが目を見開いた。

「そ、空を移動していく……っ！　こんなことまでできるなんて……」

国境を越えてゴバルード国内に入り、それからしばらく空を行くこと小一時間。

「見えてまいりました。あれが我が国の首都、メイレンです」

イアンナさんが前方を指さして告げると、セレンが興奮して叫ぶ。

「すごい！　海の中に街があるんだけど!?」

「いや、セレン殿。あれは恐らく海ではなく湖だ」

フィリアさんが訂正する。

「えっ？　あんなに大きいのに!?」

どうやらゴバルードの首都は、大きな湖の中に存在している島にあるらしい。

しかもその島と湖岸が、長く延びる砂州《さす》によって繋《つな》がっていた。

「せっかくだし、あの砂州のところに降りてみるね」

公園は空の上に待機させておき、湖岸と島を結ぶ砂州へ瞬間移動で降りる。

「ねえ、この下、思ってたよりも硬いんだけど？」

「ほんとだ。もしかしてこれ、何か石のようなものの上に、砂が堆積《たいせき》してるような感じ……？　って、あそこ、何か大きく盛り上がってるような？」

どうやらここはただの砂州ではなさそうだ。

「その通りです、ルーク様。実はこの砂州の元となっているのは、かつてこの湖に生息していたとされる巨大な水竜の身体なのです」

「水竜の……？」

軽く足元の砂を掘ってみると、現れたのは石などではなく、直径一メートルはあろうかという大きな鱗《うろこ》の数々だった。

さらに盛り上がっているように見えたのは、どうやら巨大な骨らしい。

「なんていう大きさなんだ……」

「すごい」

セリウスくんとノエルくんが、圧倒されたように呻く。

「頭部が失われているため、正確なサイズは定かではありませんが、少なくとも全長一キロは超えていたと推測されています」

「「一キロ!?」」

さすがに規格外すぎる大きさだ。蛇《へび》のように細長い形状をしていたみたいだけれど、それでもこんな魔物が生息していたなんて……。

「推定では死後、五百年以上は経過していると言われています」

五百年が経っても鱗が残っているのか。

「五百年となると、さすがに我々の中にも生きていた者はいないな」

と、フィリアさん。ちなみにエルフたちの平均寿命は二百五十年ぐらいで、三百歳を少し超えたエルフが最長老である。

水竜の死骸の上に砂が堆積していき、できあがったという砂州を進んで街に辿り着いた僕たちを待っていたのは、想像を遥かに超える歓待だった。

「ルーク様御一行っ！　ようこそ、ゴバルード共和国へっ！」

「「ようこそいらっしゃいませっ！」」

街の入り口にいたのは、軽く千人を超えるだろう人々。彼らの盛大で熱烈な拍手、そして空に花火が打ちあがると、音楽隊による壮大な生演奏が始まった。

広げられた大きな横断幕には『ルーク様御一行！　大歓迎!!』と書かれてある。

赤い絨毯《じゅうたん》の上を進んでいくと、

「よくぞお越しくださった、ルーク様御一行！　私はこの国の首相を務めるペレサと申します！　なにとぞよろしくお願いいたします！」

首相って、確かこの国のトップだよね？

「なんだかすごい歓迎っぷりね」

「う、うん」

「これはもはや他国の王をお迎えするようなレベルでしょう」

「え、そんなに？」

ダントさんの指摘に、僕は面食らう。

さらにブルックリさんが教えてくれた。

「街の入り口にまで一国の長が出迎えに来られるなど、普通はありませんよ。それだけルーク様の訪問を重要視しているということ」

そこから僕たちは怒濤《どとう》の如く持て成された。

まず案内されたのは、作られたばかりと思われる豪華な建物だった。

僕が今の宮殿を作る前に住んでいた「家屋・大」を超える敷地面積があり、よく整えられた庭も美しい。

「こちら、皆様専用の宿泊施設となっております」

「もしかして貸し切りですか？」

「そうです。皆様のためにご用意いたしましたから」

「え？　それって……」

イアンナさんに訊いてみると、なんと今回のためだけに新しく建てたらしい。

もちろん僕のようにギフトで手軽に建設できるはずもなく。

「国中から選りすぐりの大工を集めさせました。設計もこの国随一の建築家によるものです」

「そ、そうなんですね……」

「敷地内にはレストランや大浴場はもちろん、劇場もご用意してあります。そちらではぜひ我が国の伝統芸能をご覧いただきたく存じます」

寝室は一人一部屋が用意され、どれもスイートルームのような広さで、調度品も一級のものばかり。

そしてこの施設に、次から次へと国の有力者たちの来訪があった。しかもそれぞれが競うように豪奢な贈り物を携《たずさ》えている。

「なんていうか、歓迎の勢いが凄すぎて、逆に窮屈な感じね……」

自由に街中を散策できると思っていたセレンが、不満そうに言った。

施設内に設けられた劇場では、様々な演《だ》し物《もの》が披露された。

その中でも特に印象的だったのが、美少女たちによる舞踊だ。

民族衣装に身を包み、荘厳な音楽に合わせて優雅に舞い踊る。恐らく見目麗しい子ばかりを集めたのだろうけれど、ノエルくんが思わず「かわいい……」と呟いていた。

「彼女たちはこの国が誇る舞踊集団〝舞媛〟の選抜メンバーたちなのですが、ぜひルーク様とお話をしたいと申しておりまして。申し訳ありませんが、少しだけお時間いただいてもよろしいでしょうか？」

「え？　別に構わないですけど……」

披露の後にイアンナさんから提案されて、僕は頷く。

セレンが鋭い目つきでこっちを睨んでいるけど、ここで断るのも失礼だし、仕方ないでしょ。

控室のようなところでしばらく待っていると、そこに十五人ほどの少女たちが入ってきた。

「っ！　ルーク様よ！」

「きゃっ！　やっぱりすごくかっこいいわ！」

「噂には聞いてたけど、本物の方がずっと素敵よね！」

僕を見るなり、そんな黄色い声を上げる少女たち。

「もしかして今、かっこいいって言われた……？」

いつも「かわいい」ばかり言われていて、「かっこいい」と言われたことなんてたぶん一度もなかった。なので、てっきり聞き間違いだろうかと思っていると、

「わっ、聞こえちゃってたみたい！　恥ずかしいっ……でも、つい本音が出ちゃって……」

どうやら本当に言っていたみたいだ。

「確かにかっこいいよね！」

「うんうん！　あんなにかっこいい方、見たことないかも！」

さらに他の子たちも次々と言い始める。

しかもそれだけじゃなかった。

「小柄な方って聞いていたけど、全然そんなことないわよね？」

「むしろ高い方じゃないかしら？」

僕の背が高い方……？

　さすがにそれはお世辞じゃないかと思ったけど、よく見てみると、彼女たちは全員が僕よりも背が低い。

　いやいや、そもそも彼女たち、まだ十～十二歳くらいなんでしょ？

　どうせ僕の見た目から同い年くらいに思ってて、それで背が高いと勘違いしてるってオチでしょ、きっと。

「ちなみに彼女たちは全員十三～十五歳です」

　イアンナさんがこっそり教えてくれた。

「え？　じゃあ、僕と年齢は変わらない……？」

「そうです、ルーク様（なにせ、このためにあえてルーク様よりも背の低い少女たちを選抜したのですから！）」

　にっこり微笑《ほほえ》みながら頷くイアンナさん。

「ルーク様、すごくかっこいいです！」

「背が高くて素敵！」

「同年代とは思えないくらい大人っぽいわ！」

「きっと色んな経験をされてるからだと思うけど、とっても男らしい方ね！」

　かっこいい。背が高い。大人っぽい。男らしい。

　異国の美少女たちから投げかけられる賛辞の数々。

「ふ、ふふふふ……もしかして僕って、自分が思っているよりも、かっこよくて男らしいのかも……」

思わず顔がニヤけてしまう。

と、そんな僕の肩に、ぽん、と手が置かれた。セレンの手だ。

「……ルーク、あんた、あいつらに騙されてるだけよ。現実を見なさい」

「ち、違う、そんなはずは……」

「セリウス、横に立ってあげなさい」

セレンに命じられて、セリウスくんがすぐ隣にくる。

僕とほぼ同い年で、以前はほとんど身長が変わらなかったはずなのに、ここ一年ほどで一気に背が伸びて、見下ろされる形になってしまっていた。

「やっぱり僕は小さいのか……」

「そ、そんなことありませんよ、ルーク様！」

イアンナさんが慌ててフォローしてくる。

「端《はた》から見れば、お二人の身長はほとんど変わりませんから！」

「イアンナさんのおっしゃる通りよ！」

「そんなに差なんてないわよね」

「むしろ存在感のせいか、ルーク様の方が高く見えるかも！」

さらに美少女たちの援護。

するとセレンが不愉快そうに鼻を鳴らして、

「ノエル、隣に」

「お、おれ……？」

僕の近くにやってくるノエルくん。

今や二メートル近い身長があるノエルくんから見たら、僕なんてもはや子供だ。

「うぅ……これが現実か……」

「ルーク様!?　だ、大丈夫です！　見た感じ、お二人にそこまで差はないですから！」

「わ、私もそう思わなくもないかもしれないですっ！」

「並んでみても、ほとんど差が分からないかもしれない気がするほどよねっ！」

「なんならルーク様の方が高いかもしれない可能性もなくないかもっ？」

いやいや、さすがにそのフォローは無理があるでしょ!?

やっぱり僕は背が高くもなければ男らしくもないらしい。

結局、現実へと引き戻されてしまうのだった。

◇　◇　◇

荒野の村の代表として、ダントとブルックリの二人は、ゴバルード共和国の政府高官たちと話し合いを行っていた。

「なるほど、そういうことでしたか……」

「道理で異常なほどの歓迎ぶりだと思っていたが」

ゴバルードの歓迎に違和感を覚えていた彼らが、高官たちを問い詰めた結果、観念して詳しい事情を話してくれたのだった。

「心配せずとも、そのときになれば、ルーク様は必ず力を貸してくださるはずです」

「ほ、本当ですか？」

「ああ。なにせあの方は救世主なのだからな」

「救世主……？」

首を傾げる政府高官たちの前で、二人はあるものを取り出した。

それはとある書物で。

「これは……？」

「ルーク様のこれまでの軌跡を書いた本です。お読みいただければ、あの方の素晴らしさがより一層理解できるでしょう」

ダントとブルックリ。彼らもまた、ミリアによって深く教化された、筋金入りのルーク教信者たちなのだった。

◇　◇　◇

ゴバルード共和国で大いに歓待され、当初の予定通りの日数を過ごした僕たちは、村に帰ることになった。

「鉄道の方はすでに完成していますので、いつでも簡単に行き来ができますよ」

「いやはや、あのようなものを本当にこの短期間に作ってしまわれるとは……。しかもご本人はずっと我々のもとにいらっしゃったはず……」

驚愕しているのは、見送りに来てくれたペレサ首相だ。

「影武者に作らせましたので」

「……と、とにかく、この度は貴重な時間を割《さ》いていただいて、我が国にお越しくださり本当にありがとうございました」

一国のトップとは思えないくらい、ペレサ首相は腰が低い。

僕のことを王様か何かと勘違いしてるんじゃないだろうか……。

ちなみにこの期間、ダントさんとブルックリさんは、高官たちと色々と話し合ってくれていたみたいだ。

「ルーク村長、実は村に移住したいという方たちがおりまして」

そう切り出してきたのはダントさんだ。

「移住？　一応、来る人は拒まない方針ですけど……」

遠く離れた荒野の村に、わざわざ移り住みたい人なんているのだろうかと思っていると、

「「ルーク様！　私たちを連れていってください！」」

〝舞媛〟の女の子たちだった。

「え？　何でまた……？　もしかして国からの指示？」

本人たちが望んでというならともかく、無理やり言わされているのだとしたら可哀《かわい》そうだ。

この世界では奇麗ごとかもしれないけど……。

「そうではありません！」

「もちろん私たち自身の意思です！」

「我が国の伝統芸能を、ぜひ異国に伝えていきたいと思っていたんです！」

「なるほど……」

自分たちが誇る伝統を、異国の人にも知ってもらいたいという願望は自然なものだろう。

そういうことならと頷こうとしたところへ、

「は？　ダメに決まってるでしょ？」

割り込んできたセレンが一蹴《いっしゅう》。結局、彼女たちを連れて帰るのはお断りすることになったのだった。……のだけれど。

「「ルーク様！　ぜひこの村に住まわせてください！」」

「何でいるの!?」

村に戻ってから数日後。

どういうわけか、彼女たちが村にやってきてしまった。

「テツドウというものを使ってやってきてまいりました」

「この村は移住者を受け入れておられるんですよね？」

「異国の人間でも移住できるって聞きました！」

考えてみたら、この村とゴバルード共和国を鉄道で繋げたのだ。彼女たちがその気になれば、いつでも来ることができる。

砂漠や東方からの移住者も受け入れているわけで、彼女たちだけを突っぱねるわけにもいかない。

「じゃあ、劇場で働いてもらおうかな……」

「ありがとうございます！」

「さすがルーク様！　なんて男らしい性格なの！」

「かっこいいだけじゃなくて、中身まで素敵だなんて！」

移住を認めると、口々に賞賛の声を上げながら喜ぶ彼女たち。

……うん、もしこれが全部お世辞なのだとしても、悪くないかもしれない。

「ただし、なるべくセレンには見つからないようにね？」


ゴバルード共和国から戻ってきた僕のところへ、アカネさんがやってきた。

「見るでござる、ルーク殿！　拙者、すっかり元の体形に戻ったでござろう！」

嬉々として報告してくれる彼女は、本人が言う通り、贅肉がなくなってすっきりした体つきになっている。

弟にあの姿を見られてから、今度こそ本気でダイエットを頑張ったのだろう。

「ふふふ、これでもう関取などとは言われぬでござるよ！」

「どや顔で胸張ってるけど、まだスタートラインに立っただけだからね？　この村で強くなって、魔境の山脈を越えるのが目的でしょ？」

「はっ？　そういえば、そうでござった……」

何で忘れてたの……。

「しばらくロクに刀を握ってなかっただろうし、勘を取り戻すためにも、まずは軽く手合わせでもしてみたらどう？」

「そうするでござる」

訓練場に行くと、真剣な顔で剣を振っている人たちの姿があった。

剣の修練をしているのは、村の狩猟隊や衛兵、冒険者たちだけではない。

ギフトを持たない、ごく普通の村人たちの中にも、ここで剣技を鍛えている人がたくさんいる。

最近では村の外から修行に来る人も多い。エドウのサムライたちもそうだ。

「姉上！」

「ゴン!?」

アカネさんの姿を見つけて、少年が駆け寄ってくる。

弟のゴンくんだ。彼もまたこの村に武者修行に来たサムライの一人だ。

「すっかり痩せられたでござるな！　もう身体の方は大丈夫なのでござるか？」

「あ、ああ！　よくなったでござるよ！」

「よかったでござる！　ところで姉上も修練でござるか？　この村、本当に腕の立つ剣士が多く、驚くでござるよ。ごく普通の平民であっても、侮《あなど》れぬほどの実力でござる」

エドウの国では、支配者階級であるサムライたちは皆が幼少期から剣を習うものの、平民はそもそも刀を持ち歩くことすら許されていないらしい。

なのでこの村のように、普通の村人が剣の修練をしていること自体が珍しいようだ。

ちなみに剣技だけではなく、村の男性のほとんどは何かしらの武技を身に着けている。

身体も鍛えてムキムキだしね。

「ただ、姉上ならきっと誰にも負けぬでござるよ！　なにせあの魔境の山脈を、単身で踏破されたほどでござるからな！」

「ぐほっ……げほげほげほっ」

相変わらず純粋に姉のことを信じ切っている弟に、血を吐くような勢いで咳き込んでしまうアカネさん。

本当に頑張って山脈越えを成功させないと、ずっと罪悪感に苛《さいな》まれることになるよ？

「……姉上？　もしかしてまだ体調が……」

「な、何でもござらんっ。ゴンの言う通り、拙者は誰にも負けぬでござる！」

「まぁでも、病み上がり（？）なんだし、まずは軽く、ね？」

拳を握りしめて意気込むアカネさんを、僕は慌てて宥《なだ》める。

もし負けたらまた腹を切ろうとするだろうから……。

「相手は……そうだね、あの人とかどう？」

「誰でも構わぬでござる！　拙者に挑戦したい者は、何人でもかかってくるでござるよ！」

ギフトを持たない、普通の村人を推薦してみたのだけれど、アカネさんは上から目線で宣言してしまった。

「おおっ、東方のサムライか。ぜひ手合わせしてみたいな！」

「「俺も俺も！」」

その結果、申し込みが殺到してしまう。

幸い彼らの中に『剣技』などのギフト持ちはいないけど……。

「もちろん全員相手してやるでござる！　サムライの実力、とくとご覧に入れよう！」

そんなにハードルを上げて大丈夫かな？


「切腹いたすでござるうううううううううううっ!!」

「姉上えええええええっ!?」

「やっぱりこうなっちゃった!?　みんな、早く短刀を奪って！」

威勢よく村人たちと手合わせし始めたアカネさんだったけれど、結局また腹を切ろうと喚《わめ》き出してしまった。

「そこらの平民相手に一本取られてしまったでござる！　サムライの恥！　もはや死ぬしかないでござる！」

「そんなことで腹を切る必要なんてないから！　十人連続で相手をして、疲れてたんだから仕方ないよ！」

さすがの強さを見せつけ、連勝を続けたアカネさんだったけれど、十人目で不覚を取ってしまったのだ。

途中でやめておけばよかったのに「まだまだ！」とか言って続けちゃうから……。

「何人でもかかってこいと宣言しておいてのこの失態っ、恥ずかしいにも程があるでござるっ！」

「だから最初に自分でハードルを上げなければよかったのに！」

「あ、姉上、おやめくだされ！」

「ゴン、止めてくれるなでござるよ！」

弟の訴えも効果なく、切腹しようとするアカネさん。それをその場にいた村人たちで力を合わせて、どうにか押さえ込んだ。

ゴンくんが代わりに謝ってくる。

「ルーク殿、見苦しい姿をお見せしてしまい、申し訳ないでござる」

「う、うん、大丈夫だよ。それよりゴンくんの方こそ……ええと……」

「お気遣いは要《い》らぬでござる。姉上は昔からこうでござるから、慣れているでござる。父上といい、なぜこうもすぐに腹を切りたがるのか……」

溜息をつくゴンくん。どうやらアカネさんよりも大人だったみたいだ。

と思っていると、ゴンくんはニヤリと嗤《わら》って、

「まぁお陰で、それがしは双子の妹と一緒に、父上と姉上をいかにして切腹に誘導するかという遊びを楽しめたのでござるが」

「実は腹黒かった!?　もしかして今までのこともワザとやってたの!?」

「どうせあの姉上のことでござる。単身踏破にも失敗しているでござろう。くくく、このネタでしばらく遊ばせてもらうでござるよ」

純粋無垢《むく》な少年かと思ってたのに……。

「ルーク殿。なかなか賑やかで楽しそうだな」

「あ、女王様」

僕たちが騒いでいると、背の高い美女がこっちにやってきた。

「その呼び方はよしてくれと言っているだろう？」

「……ええと、マリベルお姉ちゃん」

彼女はルブル砂漠にあるエンバラ王国の女王様だ。

『戦乙女』というギフトを授かった彼女は、王国を砂賊から取り戻した後も、時々この村にやってきてはこの訓練場で訓練をしているのである。

一応、エンバラにも同じ訓練場を建ててあげたんだけど、

「強い相手が多いこの村の方が、より早く成長できるからな」

とのことらしい。

「儂《わし》もこの年にして、絶賛成長中でありますぞ！　はっはっはっはっ！」

豪快な笑い声を響かせている初老の男性は、女王の護衛隊長であるガンザスさんだ。

彼は『鉄人』というギフトを持っている。これは体力や耐久力を大きく引き上げてくれるギフト

で、その効果はゴリちゃんの厳しい訓練にも耐え抜いてしまうほど。

「あらん、ガンザスのおじさまじゃなぁい♡　またアタシに会いに来てくれたのねぇ」

「っ!?　ゴリちゃん師匠!?」

「またアタシがたぁっぷり可愛がって、あ、げ、る♡」

「ひいいいいいいいっ!?」

……ゴリちゃんに連れていかれちゃった。

「そちらは東方のサムライだな。あたしもぜひ一度、手合わせをしてみたいものだ」

ようやく落ち着いてくれたアカネさんを見て、マリベル女王が言う。

「サムライたる者、いかなる相手の挑戦も受けて立つでござるよ！」

「本当か？」

あっさり了承し合う二人の間に、僕は慌てて割り込んだ。

「今はやめてっ！　マリベルのお姉ちゃん、せめてもう数日くらい待ってからにして！」

「む？　あたしは別にそれでも構わないが……」

「アカネさん、まだ修行を再開して間もないんだから無理しちゃダメだよ。今日はもう十人も相手したんだし、やるなら後日にしなよ」

「拙者はまだいけるでござるが……」

ギフト持ちのマリベル女王と今の状態でやり合ったら、普通に負けるだろう。

また切腹を止めないといけなくなってしまう。

「姉上ならきっと大丈夫でござるよ！　さっきは少し油断しただけ！　今度こそサムライの強さを見せつけて差し上げるでござる！」

「ゴンくん煽《あお》るのはやめてえええええっ！」

「ふがふが」

腹黒い笑みを浮かべながら姉を切腹へと誘おうとする弟の口を、僕は必死に塞《ふさ》いだのだった。

そんなこんなで、本格的に修行を再開したアカネさん。

時にまた切腹しそうになりつつも、『侍剣技』というギフトを持っていることもあって、大きくレベルアップ。

本人も成長を実感し、やがて再び山脈踏破へ挑むことになったのだった。

「色々と世話になったでござる！　拙者、必ずや今度こそあの山脈を越えてみせるでござるよ！」

「頑張ってね、アカネさん。……一人だからって、途中で切腹しようとしないでね？」

「ははは、拙者とて、いつもいつも切腹ばかり試みておるわけではござらぬよ」

「どの口が言ってる？」

「……今回は何の用だろう？」

ゴバルード共和国からの使者団の一件から、まだそんなに経っていないというのに、僕は再び王様に呼び出されていた。

仕方なくまた王宮に出向くと、

「おお、ルークよ、何度もすまぬな。あれからゴバルードとは上手くやっていると聞いておるが、どうであるか？」

「そうですね……一度、向こうに招待していただきましたし、鉄道も繋げて、すでに商人たちの間で色々と取引が行われているようです」

観光客や移住者の受け入れも始まっている。

「ふむ。砂漠の国々や東方の三国に加えて、今やゴバルードとも交流を行うようになったか……」

もちろん僕の村だけが独占しているわけじゃなく、各国はセルティア王国とも交流している。

……ただしその規模は、圧倒的に僕の村の方が大きいのだけど。

「お陰で我が国も多大な恩恵を受けておる。長き内戦によって、他国との交流がほぼ途絶えておったところから、この短期間でここまで信頼を回復できたのだからな」

内戦中の国と貿易などを行うのは、リスクが大きくて嫌われる。

たとえ内戦が終わったとしても、すぐには積極的な人や物の往来が戻ってくるわけじゃない。

勝手に交流を始めた――一応許可はもらったけど、ほぼ事後報告だった――ことを怒られるかもと思ってたけど、むしろ感謝されているみたいだった。

「そなたのことだ。余の予想を超えていくなど、もはや慣れてしまったわい」

……呆れられてもいるっぽいけど。

「そこでだ、ルークよ。実はこの度、そなたの村に、自治権を認めようと思っておるのだが」

「え？　自治権……ですか？」

「うむ。正直言って、信じがたい勢いで発展していくそなたの村など、我が国ではもはや手に負えぬ。今までは一応セルティア王国の法律に則《のっと》ってもらっておったが、それに当てはまらぬような事例が多すぎて、法務大臣も困っておるしの」

王権を強めようという試みの中、自治権の付与というのは、完全にそれと逆行する話だった。

「いいのですか？　諸侯に示しがつかないような……」

「心配せずとも、反対する者などおらぬ。すでに大半の領主が一度はそなたの村を訪れておるのだろう？　目が節穴でさえなければ納得するはずだ」

王様が言う通り、鉄道が王国全土に敷かれて以降、村に各地の領主が幾度となく視察に来ていた。

これを村にしておいていいのか、領地として認めた方がいいのでは、とは何度も言われていたりする。

「今後はいちいち余の許可など要らぬ。好き勝手にやってくれ」

「なんかすごい丸投げ感!?」

「というわけで、新たにそなたと話をしたいという他国からの使者団が来ておるから、対応を頼むぞ」

え、また……？

「私の名はパルマ。アテリ王国から参りました」

パルマと名乗ったその代表者は、四十代前半くらいの真面目そうな男性だった。

「アテリ王国も、確かセルティアの西の……」

セルティアの西、そしてゴバルード共和国の北側に位置しているのがアテリ王国だ。

地中海の沿岸にある国の一つで、セルティアやゴバルードと比べると、かなり小さな国だったはずである。

「ご存じでしたか。大変光栄でございます」

「ええと、僕に何の用でしょうか？」

「実はぜひともルーク様が築かれたという都市を、視察させていただきたく思いまして」

「は、はい、別に構わないですけど……」

戸惑いつつも、ゴバルードと同じように使者団を受け入れることに。

しかしこの二か国だけでは終わらなかった。その後も、様々な国から次々と使者が現れては、荒野の村の視察を要請してきたのだ。

アテリ王国に隣接し、同じ地中海沿岸の国であるスペル王国。

そのスペル王国の隣国であるメトーレ王国。

さらにスペル王国とメトーレ王国に挟まれるように存在する、小国ボアン王国。

これらの国にも招待されたり何やかんやあったりして、気づけば貿易や観光、移民、留学、人材派遣など、各国との様々な交流がスタートしたのだった。

「なんか急激に国際交流が進んでる……」


セルティアと領土を接している国は、全部で四つある。

それはすでに紹介したバルステ王国、ゴバルード共和国、アテリ王国の三国に加えて、ローダ王国だ。

ローダ王国は、セルティアの北西部に位置する大国で、その領土も国力もセルティアを上回る。

セルティアとは古くから犬猿の仲にあり、過去、幾度となく衝突を繰り返している因縁《いんねん》の関係らしい。

「そのローダ王国からも使者が来ていて、僕に会いたがってる……？」

「うむ。そもそもあの国から使者が来るなど、非常に珍しいことなのだがな」

またしても王宮に呼び出された僕に、難しい顔をしながら王様が頷く。

「我が国の内乱に乗じて、いつ攻めてきてもおかしくなかったような国だ。どうやら島国と長らく戦争をしておったらしく、もしそれがなければ間違いなく我が国は侵略を受けていただろう」

そんな国が一体どこから情報を得たのか、僕との面会を求めているらしい。

「随分と横柄《おうへい》な態度の使者団で、余としては今すぐ自国にお帰り願いたいところなのだが、そなたの村には自治権を認めておるからの。勝手に突き返すわけにもいくまい」

「横柄な態度……」

今まで来た各国の使者団は、いずれも友好的な人たちばかりだったので、正直あまり想像ができない。

「大国としての自負があるのかな……？」

「そんなかわいいものではない。やつら、我が国を下に見ておるのだ」

なんだか面倒そうだなと思いつつ、その使者団に会ってみることにしたのだけれど——

「吾輩《わがはい》はローダ王国の使者ガイウスである。まさか、貴公がルークか？」

使者団の代表者は、威厳のある口ひげを生やした三十代後半くらいの厳《いか》つい男性だった。

確かになんだかとても偉そうだ。実際、自国内では偉い人なのだろう。

「はい、僕がルークですが……」

「……まだほんの子供ではないか。セルティアの王め、我々を愚弄《ぐろう》しているのではないだろうな？」

「本物ですけど」

向こうから面会を望んできたというのに、随分と失礼なことを呟いている。

「あのテツドウとやらを作ったのは本当に貴公か？」

「そうです。ギフトを使ってですけど」

「俄《にわ》かには信じられんが……まぁよい。とにかく貴公が作ったという都市を見せてもらおうではないか」

「え？　村に来るんですか？」

お願いするでもなく、決定事項のように言ってきたので、思わず聞き返してしまった。

すると彼は不愉快そうに鼻を鳴らして、

「当然であろう。なに、事態は急を要する。相応の儀礼は求めぬ」

「……」

仕方がないので彼のお望み通り、ローダ王国の使者団を村へ連れて行ってあげた。移動は電車である。

「ほ、本当にこんな荒野にこれほどの都市が……しかもこの高層建築の数々に人の賑わい……もしや我が国の王都よりも発展して……い、いや、我が国の王都は千年もの歴史ある都、伝統が違う。比較はできぬ」

地下鉄の駅から地上に出ると、彼らは明らかに圧倒された様子だったものの、そんなふうに言って大国のプライドを保とうとしている。

「見どころはたくさんありますよ～。どんどん紹介していきますね～」

ふふふ、せっかくなのでマウントを取ってみよう。

僕はいつも以上に気合を入れて、村を案内していった。

「なんという清潔な街だ……ゴミ一つ落ちておらぬ……しかも誰でも利用できる公衆浴場や公衆トイレが各所に設置されているだと……？　む？　なんだ、このいい匂いは……。なるほど、あの屋台か……なに？　食べてみるかだと？　貴様、貴族であるこの私に、あのような卑《いや》しい庶民の食べ物を口にしろというのか？　……まぁ、しかしそこまで言うなら、一口くらい……う、うめえええええっ⁉　なんという美味さだ⁉　我が国の宮廷料理でも、ここまで……はっ⁉　ご、ごほんっ。……ふん、庶民の食べ物にしては悪くないようだな。もぐもぐ。なに？　畑を見せたい？　貴様、そんな場所まで行く暇があると……え、もう着いた？　な、何だ、この作物たちは⁉　こんなサイズの野菜、見たことがないぞ⁉　む？　次は畜産農場だと？　この私を馬鹿にしているのか？　そのような不潔な場所に、この私を……って、また一瞬で着いてしまった⁉　しかも何なのだ、あの巨大な家畜たちは⁉　ほとんど魔物ではないか！　それにしても、まったく臭いがせぬような……。なに、今度は訓練場？　やはり一瞬で着いた⁉　な、何なんだ、あの屈強な肉体の男たちは⁉　向こうでは剣士同士が凄まじい速さでやり合っている⁉　なに？　あれらが兵士ではなく、ごく普通の市民だと⁉　ま、まだ他にもあるのか⁉　ポーション⁉　まさか、ここでは普通にポーションが売られて――」

「――なにこの都市こわい」

「あ、村ですよ、一応」

◇◇◇

「これほどの都市……村を、その『村づくり』というギフトの力で、ゼロから作り上げたというのか……」

「もちろん僕だけの力じゃないです。村人みんなが協力してくれて、ここまで発展させることができたんです」

驚き過ぎて少し顔色の悪いローダ王国の使者ガイウスさんに、僕は補足する。

「……さらにそのギフトを用い、長く続いた内戦を終結させ、さらにはバルステ王国の侵攻を退けたというのも、間違いはないのか？」

「そうですね。それもみんなの協力があってこそ、ですけど」

どうせ知ろうと思えば簡単に知れることなので、否定せずに頷いておく。

「（確かにどこにでもあっという間に拠点を作り放題となれば、戦略上の優位は計り知れない……。さらにあの一瞬で移動できる謎の能力……これもまた途轍《とてつ》もなく有用だろう）」

何かを考えるように、しばらく腕を組んだガイウスさんは、やがて考えがまとまったのか、大き

く頷いてから、

「いいだろう。村長ルークよ、我が国に来るがよい」

「え？　招待、ってことですか？」

うーん、それはちょっと嫌だな～。

他の国の招待には応じたけど、ローダ王国はこの使者団の雰囲気からして、不愉快な思いをさせられそうだしなぁ……。

「そうではない。我がローダ王国の一員になれということだ」

「？？？」

唐突に何を言ってるんだろう、この人？

「今ならば吾輩の権限で、我が国の爵位を与えることもできるぞ」

爵位とか、一番要らないんだけど。

「これほどの都市を短期間に築ける人材を、村長などという立場に置いているなど、セルティアは愚かにも程がある。幸い我が国には、価値のある人間であれば、たとえ元の身分が低かろうと取り立てるという伝統があるのだ」

どうやら僕が村長なのは、国に蔑《ないがし》ろにされているからだと思っているらしい。

実際には何度も爵位を与えると提案されたけど、僕が断っているだけだ。

「ええと……遠慮します」

「なんだとっ!?」

断られるとは思ってもいなかったのか、大声で叫ぶガイウスさん。

「我が国の爵位だぞ？　あくまで一代限りの男爵位だが、相応の活躍をすれば、陞爵《しょうしゃく》することも可能だ！」

「いえ、僕は今のままで十分満足してますので」

「馬鹿な……貴様にはこの提案の価値が分からぬのか？」

やはりそこは子供か……と忌々しそうにガイウスさんが呟く。

聞こえてるよ？

「ならば他に何を求める？」

「申し訳ないですけど、そもそもこの村を離れるつもりはないです」

「……貴様、吾輩がここまで下手に出ておるというのに……本当に断るというのか？」

どの辺が下手に出ているのだろう。

「後悔しても知らぬぞ！」

そうして大いに激怒したガイウスさんたち使者団の一行は、こちらの見送りも突っぱねて、すぐに帰ってしまったのだった。

だけどそれから数日後のこと。またしても彼らは村にやってきた。

いきなり帰っていったことを反省した様子もなく、ガイウスさんは僕に会うなり唐突に切り出してくる。

「……先日の話であるが、子爵位ならばどうだ？」

いや、爵位の階級の問題じゃないんですけど？

僕の話、覚えてないのかな……。

「まだ国王陛下の許可は得ておらぬが、吾輩が説得してやろう。吾輩が進言すれば、認めてくださる可能性は高い。外国の人間が、いきなり子爵位を与えられるなど、前代未聞だぞ。子爵ともなれば、相応の土地を与えられる。無論こんな荒野とは比較にもならない良質な土地だ。一生安泰《あんたい》どころか、子孫の繁栄までもが約束されると言っても過言ではないだろう」

またしても上から目線で、そんな提案をしてくる。

もちろん僕の答えは変わらない。

「すいません、せっかくのお誘いですけど」

「なっ……信じられぬっ……貴様、吾輩をどこまで愚弄すれば気が済むのだっ！」

再び激高し、ガイウスさん一行は帰っていった。

その後も、幾度となく村にやってきては、僕を自国へ引き入れようとしてきた。

しかし当初こそ傲慢《ごうまん》極まりない態度だったというのに、

「は、伯爵位ならばどうだ！」

「ごめんなさい」

「侯爵位でなんとか！」

「申し訳ないです」

「吾輩の家を丸ごと差し上げよう！　無論、四人いる娘も！　可愛い娘ばかりだぞ！」

「そういうのはちょっと……」

「陛下が王女殿下を嫁にやってもよいとおっしゃっている！」

「だからそういうのはお断りしてますって」

「吾輩にできることなら何でもするから！　頼む！　どうかこの通り！」

「ちょっ、頭を上げてください！」

段々と切羽詰まった様子になり、最後は懇願してくるまでになってしまった。

「というか、そもそも何が目的なんですか？」

「じ、実は……」

そこでようやくガイウスさんは、ローダ王国が置かれている苦境を話してくれたのだった。

第八章　巨人兵

ローダ王国王都。

人口十万人を超えるこの大都市に今、未曽有《みぞう》の危機が迫りつつあった。

「ついに、敵軍がこの王都にまで……」

王都を守護する巨大な城壁の上。

遠くに大群の姿を認めて、そこに配置されていた一人の兵士が絶望の表情で呟く。

「都市や砦を悉く《ことごとく》陥落させられ、もはや残るはこの王都のみ……。しかしまさか、こんな短期間で……」

世界最強と自負していたローダ王国軍。

それが連戦連敗を喫し、あっという間にこの王都まで敵軍の侵攻を許してしまったのだ。

残されたこの王都を落とされてしまえば、もはや国は滅びてしまう。

だが彼らの士気は低く、むしろすでに絶望していた。

ローダ王国をここまで追い込んだのは、今や大陸のほぼ半分を支配している南の超大国、クランゼール帝国である。

この国の侵略を受けたのは、ローダ王国だけではない。

小国大国問わず、他にも多くの国々がこの帝国の餌食となっていた。

帝国軍が凄まじい快進撃を続け、ここまで勢力を伸ばしてきた最大の要因。

それはかの軍が有する、ある最強の兵器だった。

「あ、あれが帝国軍の〝巨人兵〟……っ！」

城壁の上のその兵士は、こちらに近づいてくる巨大な影を確認し、思わず叫んだ。

それは人に似た形状をしていた。

しかし手が長くて足が短い。ずんぐりとしたその体形は、大猿に近いかもしれない。

内部に人が乗り込み、操作することが可能なこの兵器は、〝巨人兵〟と呼ばれていた。

噂では帝国が古代遺跡から発掘し、修復したと言われているが、圧倒的な攻撃力と防御力を誇るこの兵器には、熟練の精鋭兵たちですら歯が立たない。

加えて、

「っ！　撃ってくるぞ!?」

「あ、頭を低くしろおおおおおおおおおおっ！」

ドオオオオオオオオオオオオオオオオオンッ!!

その巨人兵から放たれた魔力の砲弾が、王都を守る城壁に直撃した。

凄まじい轟音と激震。

降り注ぐ無数の残骸。

ようやく身を起こした兵士たちが見たものは、粉々に破壊された城壁だった。

「い、一撃で……城壁が……」

あの兵器の前には、もはや城壁すら用をなさないのである。

籠城戦《ろうじょうせん》すら許さない破壊の化身を前に、兵士たちの僅かな士気ですら根こそぎ奪われていく。

「もはや……降伏するしかないのか……」

◇◇◇

「と、いうわけなのだ……」

「ええええっ」

当初の上から目線はどこへやら、切迫した様子で懇願してくるようになったローダ王国の使者団に事情を問い詰めてみると、どうやら国の存亡がかかる緊急事態らしかった。

「最後に受けた報告では、すでに王都の目前まで攻め込まれてしまっていた……今頃はどうなっていることか……」

それで僕の力を是が非でも借りたかったのだという。

「貴様、いや、貴殿のギフトがあれば、この逆境を覆《くつがえ》せるかもしれぬと、はるばるこの地まで来たのだが……」

「もっと早く言ってよ……あれ？　ということは……」

ピンとくる。

もしかして他の国々も実は同じ目的だったんじゃ……。

「間違いないだろう。恐らく近いうちに帝国はゴバルードやアテリ、それに地中海沿岸の国々もその手中に収めようとするはずだ。どの国もそのための対策として、あの手この手で貴殿に取り入ろうとしているのだろう」

だから何度も高価な品々をもって使者団が村に来たし、こちらが赴いたときにはものすごく歓迎されたのか。

「無論、当初は半信半疑だったに違いない。貴殿の噂を商人たちから聞きつけ、ダメ元で使者団を送り出した。だが実際にこの都市……村を見て、吾輩と同様、彼らも確信したはずだ。その力を借りることができれば、どれだけ心強いか、と」

ガイウスさんは地面に跪《ひざまず》き、深々と頭を下げてくる。

「どうか、この通りっ……我が国を救うためには、貴殿の力だけが頼りなのだ……っ！」

大国の使者というプライドをかなぐり捨て、必死に嘆願してくるガイウスさん。

「ええと……とりあえず、見に行ってみてもいいですか？　力になれるかどうかは分からないですけど」

「っ……ほ、本当か!?」

数日前の時点で、すでに王都の間近まで攻め込まれていたという。敵軍の勢いは強く、もはやいつまでもつか分からない状況らしい。

「回りくどいことしないで、直接そう言ってくれればよかったのに……」

「い、いや、噂では、貴殿はそもそも戦争というものを大いに嫌っていると聞いておったのだが……それに巻き込むような依頼を最初にしてしまうと、それこそ断られるのは間違いないと……」

戦争が嫌いなのは間違いないけど……どうやら少し事実から捻《ね》じ曲がって伝わってしまっているらしい。

だから他の国も事情を隠し、交流を求めてきたのか。

自国に親しみをもってもらえれば、侵略で危機に陥った際、助けてくれるかもしれない、と。

確かによく知らない遠い異国の戦争となれば、そこでどんな悲劇が起こっていようと、自分事とはとらえないのが人間というものだ。

「時間がないみたいだし、詳しい話は道中で聞きますね。まずは一番近いところまで瞬間移動で行きます」

カイオン公爵領の西端。そこがローダ王国との国境になっているというので、使者団を連れてそこへ飛んだ。

「っ!? こんな場所まで一瞬で!?」

「ただ、この先は公園で飛んでいくしかないです」

領地強奪スキルを使いつつ、村の領域内に入れながら進むしかなかった。

いったん村の領域にさえできれば、瞬間移動で簡単に行き来が可能だ。

僕が公園を作り出して空に舞い上がると、ガイウスさんはその場に尻もちをついた。

「本当に、空を飛んでいる……こんな真似ができれば、城壁など無視して都市に攻め込み放題ではないか……」

すでに王都近くまで進軍を許しているということなので、できる限り急ぐしかない。

三次元配置移動は、電車と遜色がない速度を出せる。

東西に長く延びているローダ王国だけど、幸い王都は中心よりやや東側に位置しているという。

そうして空を飛ぶこと、数時間。

「見えてきたぞ！ 王都だ！ っ……すでに、敵軍が……」

遠くに都市が見えてきて、ガイウスさんが叫ぶ。

街を取り囲む城壁が、敵の大軍に包囲されている。

「だが王都の城壁は、我が国で最も強固だっ！ そう簡単には……なっ!? 城壁がっ……は、破壊されている……っ!?」

ガイウスさんが悲鳴を上げた。

すでに城壁の一角が砕かれ、大きな穴が開いていたのである。

「なんだろう、あれ？　巨大な人みたいなものが……」

その穴からそう遠くない位置に、見たことのない物体が置かれていた。

人に似た形状をしてはいるものの、なんとなく生き物ではなさそうだ。

鉄などの金属類でできてそうだし……。

「巨人兵……っ！」

「巨人兵？」

「帝国の快進撃を支えている、憎き兵器をそう呼んでいるのだ……っ！」

ガイウスさんによると、帝国が古代遺跡から発掘し、復活させた超兵器、それがあの巨大な人型の正体だという。

内部に人間が乗り込んで、操作することができるようで、腕部に仕込まれた砲から放たれる魔力の砲弾は、強固に閉じられた城門を一撃で粉砕するほどの威力を持つらしい。

って、この話、どこかで聞いたことあるような……？

「もはや動く破城槌《はじょうつい》のようなものだ！　あれによって、我が国の都市が悉く陥落させられたという……っ！」

開いた城壁の穴へ、敵軍が一気に押し寄せていく。

そうはさせまいと、ローダ王国の兵たちはすぐさま防衛に入るが、城壁を破られた衝撃からか、明らかに士気が低い。
それでもどうにか敵軍の侵入を防いでいると、
ドオオオオオオオオオオオオオオオオオオンッ!!
巨人兵によって、城壁のまた別の箇所を破壊されてしまう。
「こ、このままでは……王都が……」
絶望的な状況によろめくガイウスさん。
それでも懸命に二つ目の穴を守ろうとするローダ王国の兵士たち。
そんな彼らを蹴散らさんと、巨人兵が猛スピードで前進、自ら突っ込んでいった。

◇　◇　◇

城壁に開いた大きな穴。

敵軍がそこから街中に押し寄せてくるのを防ごうと、ローダ王国の兵士たちは防衛に走る。

しかしそんな彼らのもとへ迫ってきたのは、ただの敵兵ではなかった。

「「「きょ、巨人兵!?」」」

先ほどその穴を開けた巨人兵が、猛スピードで突進してきたのである。

巨人兵の身の丈は十メートルを超えており、その重量は恐らく数トンに及ぶだろう。

そんなものを生身の人間が押し留《とど》められるはずがない。

「た、盾を構えろおおおおおおおっ！」

「「う、うおおおおおおおおおおおっ!!」」

上官の絶叫に従い、破れかぶれに盾を構える兵士たち。

もはや彼らは国のために命を捨てる覚悟だった。

——突然、地面に巨大な穴が空くまでは。

「「え？」」

極限状態で幻覚でも見ているのかと思った彼らの目の前で、巨人兵がその穴に落ちていく。

かなり深い穴だったのだろう、しばらくしてから、ドオオン、という轟音が響いてきた。

◇　◇　◇

「とりあえずあの巨人兵を止めないとね」

ローダ王国の兵士たちを蹴散らし、王都内に押し入ろうとしている巨人兵。

その進路上に、僕は堀を作った。

〈堀：敵の侵入を防ぐための溝《みぞ》。空堀《からぼり》。形状の選択が可能〉

「「え？」」

驚く両軍の兵士たちの前で、まんまとその堀の中に落ちていく巨人兵。

巨人兵のサイズに合わせて、かなり深い堀にしたので、高さはだいたい三十メートルくらいある。

「な、な……何が起こったのだ？　いや、あれはもしやルーク殿、貴殿が……」

安堵と驚愕の表情を同時に浮かべながら、ガイウスさんが聞いてくる。

「はい。堀を作ったんです」

「あんなものを、一瞬で……しかも、あれだけ我が軍が苦戦させられていた巨人兵を……こんなに容易《たやす》く機能不全にしてしまうとは……」

空から見たところ、巨人兵は他に三体ほどあった。

東西南北、各方向から城壁を破壊して攻め込もうとしているらしく、その残り三体も今まさに魔力砲を放とうと準備している。

「他のも落としちゃいますね」

巨人兵の足元に次々と堀を作成し、同じようにそこへ落下させた。

「あと、壊れた城壁を修復して、と」

すでに存在している施設も、登録してしまえば村の施設にすることができるので、施設カスタマイズが使えるのだ。

開いた穴が見る見るうちに塞がっていく。

さらに施設グレードアップで、城壁の頑丈さを最大まで高める。これで恐らくあの魔力砲でも簡単には破壊できないはずだ。

　巨人兵がすべて使用不可能になって、帝国の兵士たちが大いに慌てている。彼らにとって、あの巨人兵こそが作戦の要《かなめ》だったのだろう。

「い、今がチャンスだ！　きっと我らローダの神々が、我々を救ってくださったのだろう！」

「「「おおおおおおおおおおおおおおおっ!!」」」

　一方、最初は困惑していたものの、一気に戦意を取り戻したローダ王国の兵たちが、城壁から次々と矢や砲弾を放ち、城壁攻略のために接近していた帝国軍に反撃する。

「た、退避っ！　退避ぃぃぃぃぃぃぃぃっ！」

　降り注ぐ矢と砲弾の雨に、帝国軍は壊走を余儀なくされたのだった。

「これでしばらくは大丈夫だと思いますよ」

　ここまで負け知らずに攻め込んできていた帝国軍だ。恐らく敗北する可能性すら頭になかったのだろう、兵士たちは何のまとまりもなく散り散りに逃げ出していて、それを好機と見た王国軍が打って出ている。

　今回この王都を落とすためにやってきた軍は、ほぼ壊滅させられるはずだ。

　しかも理解不能な負け方を喫し、要の巨人兵まで失ったわけで、帝国が新たに軍を再編成して攻めてくるまで相当な時間を要するだろう。

「吾輩は夢でも見ているのだろうか……」

わなわなと唇を震わせ、ガイウスさんが呻いている。それから目に涙をいっぱい浮かべながら謝罪してきた。

「貴殿は我が国の救世主だっ……これまでの数々の無礼な態度、改めてお詫びしたい！　無論、貴殿が望むならば、いかなる報酬であろうと必ず差し出そう！　吾輩の命にかけて誓う！」

本当に命でも差し出すかのような勢いだ。

だけど報酬と言われても……別に欲しいものなんてないしなぁ。特に爵位なんてまっぴらごめんだし。

とそこで、僕はあることを思いつく。

「それなら……あの巨人兵、もらっていってもいいですか？」


「ちょっと、何なのよ、これは!?」

金属製の巨大な物体を前に、セレンが叫ぶ。

「うーん、一言でいうと戦利品、かな？」

「え？　戦争中のローダ王国に行ってた？　そこで使われてた兵器？　なんで勝手にそんな危険な真似してるのよ！」

「影武者を使ってたから大丈夫だよ」

ガイウスさんに頼んで、帝国軍から鹵獲《ろかく》した巨人兵を四体すべて、村に持ち帰ったのだ。一応僕の力で動けなくしたものだしね。

ちなみに瞬間移動では普通、こうした大きな物体を運ぶことができない。

服とか身に着けられるものや、手に持てるレベルの物体までしか、一緒に瞬間移動させられないのだ。

だけど不思議なことに、中に乗り込み、操縦席に座っていると、なぜか巨人兵ごと瞬間移動することが可能だった。

もしかしたら装備しているという判定になるのかもしれない。

「っ！　これは……っ！」

とそこへ小柄な少女がやってきて、この巨人兵を前に目を見開く。『兵器職人』のギフトを持つドワーフの少女、ドナだ。

「ドワーフの先祖のっ……古代兵器……っ！」

普段はほとんど感情を露にしないドナが、珍しく大きな声で叫ぶ。

やっぱりそうだ。どこかで見たことあると思っていたけれど、ドワーフの先祖が遺《のこ》したという石板に描かれていた絵に、そっくりなのである。

あのとき僕はそれに似せたものを、石垣をカスタマイズして作ってみたのだけれど、中に乗り込んで動かすと酷い乗り物酔いに襲われたんだっけ。

ドナは興奮した様子でその巨人兵に駆け寄っていく。

「不思議な金属でできてるっ……触っただけじゃ、構成が分からないっ……ここから乗り込めそう！」

彼女はそのまま巨人兵の中に入り、操縦席へ。

「すごい……っ！　操縦もできるっ？　村長……っ！　どこで見つけた……っ？」

「クランゼール帝国っていう、大陸の南にある国で、どこかの遺跡から発掘したみたい。それを修繕して、兵器として運用してるそうだよ」

「ん！　……？　おかしい。起動しない？」

「そうなんだよね。実はその一機だけじゃなくて、他のもまったく動かないんだ。穴に落ちたときに壊れちゃったのかな？」

「……」

「まぁ、詳しいことは、この人たちに聞いてみたらいいよ」

縄で縛りつけ、動けなくした巨人兵の四人の操縦士たち。穴に落ちて気絶していたところを捕らえ、巨人兵と一緒に村へ連れてきたのだ。

「ここはどこだ!?　我々はなぜ捕まっている!?　ローダの王都に攻め込むため、城壁を破壊したはずだが……」

どうやら穴に落ちたところから記憶がないらしい。

「それより、あの兵器、起動しないんだけど、どうして？」

「はっ、それを貴様らが使おうとしても無駄だぞ。あらかじめ登録した操縦士にしか、操作できないようにしてあるからな」

「なるほど……」

認証システムがあるようだ。

「でも、発掘されたときには古代の操縦士が登録されてたんでしょ？　つまりそれを解除して、改めて登録しなおしたってことだよね」

「くく、少しは理解力があるようだな。だが、同じことだ。我が国の発達した技術力があってこそ、何千年という時を超えて、あの兵器を蘇らせることができたのだ。それでも数十年を必要としたほど。そう簡単には……」

「ん、解除できた。再認証」

「……へ？」

ういいいいいいいいいいん、という起動音を響かせながら、巨人兵が動き出す。

「う、動いたあああああああああっ!?　馬鹿なっ!?　そんなはずは……っ!?」

絶叫する操縦士。

一方、ドナは操縦席から降りてくると、

「細かく仕組みを調べたい。村長、解体していい？」

「別に構わないけど……どうする気？」

「ん。頑張れば、一から製造できるかも」

ドナの言葉に、操縦士が声を荒らげる。

「そ、そんなことできるわけがないっ！　我が帝国でも、何年も前から新造機の製造を試みているが、未だに成功していないのだぞ!?」

「ドワーフの先祖が作った。同じドワーフならきっとできる」

「っ……そうか、貴様はドワーフか……っ！　くくく、しかしまさか、我々から巨人兵を奪っておいて、ただで済むと思っているのではないだろうな!?　確実に帝国軍が総力を挙げて取り戻しに来るぞ！　そうすれば貴様らは終わりだ！　いや、ドワーフどもの命だけは助けてもらえるかもしれないな！　無論、我が帝国のために死ぬまで働いてもらうことになるだろうがなァ！」

と主張している彼らには残念だけれど、むしろ操縦士たちにこそ、この村のために働いてもらうつもりだった。

「ネマおばあちゃん。この人、更生させてくれる？」

「いっひっひっひ、またあたしの出番みたいだねぇ」

◇　◇　◇

「なんだと、貴様？　もう一度言ってみるがよい」

「は、はひっ……ろ、ローダ王国の王都に攻め込もうとした我が軍ですが……て、撤退、いたしました……」

クランゼール帝国・帝都の中心に立つ白亜の巨大宮殿。

その最奥で、帝国軍の最高司令官を任された男が、厳しく問い詰められていた。

問い詰めているのは、帝国のトップに君臨する絶対君主、皇帝スルダン＝クランゼールである。

しかしまだ若い。

それもそのはず、先代の皇帝が亡くなり、帝位に就いたときには僅か七歳で、先日ようやく十歳になったばかりなのである。

「……撤退、しただと？」

「も、もちろんっ、戦略的なものでございますっ！　敵は大国として知られるローダ王国！　その王都ともなると、さすがの防衛力でしてっ！　幸い兵の損耗は非常に軽微なものですから、すぐさま軍を立て直し、再び攻め入るまでそう時間はかからないかと……っ！」

「ううむ、なるほど。確かに王都というのは、守りが厳しいと聞いたことがあるぞ」

「その通りでございます！　ですがいかに強固な守りであろうと、我が帝国軍にかかれば、勝利は確実であります！」

「ほう、左様か」

必死に弁明する最高司令官の男。

そもそも戦いのことなどよく理解していない若き皇帝は、それに素直に頷いたものの、彼のすぐ脇に控えていた別の男が口を挟んだ。

「しかし王都を攻めるのにあたって、巨人兵を四機、投入しておったはずだが？　まさか、巨人兵が四機もいながら撤退したというのかの？」

彼は皇帝をサポートするゼルス大臣だった。

現皇帝の外戚、実母の兄にあたる人物であり、皇帝に代わって政務のすべてを担っている。

実質的な帝国の最高権力者とも言える彼の問いかけに、指揮官の男の表情が分かりやすく変わった。

「そ、そうなります……」

「ほほう？　皇帝陛下、これは大変、由々しき問題でありますぞ」

「む、そうなのか？」

ゼルス大臣に指摘されて、皇帝が首を傾ける。

「なにせ、巨人兵は我が国にとって最強の兵器なのです。投入した戦場では、連戦連勝の実績を誇ってまいりました。その強さは今や各地に知れ渡り、巨人兵を恐れる国や諸侯は戦わずして降伏し、占領地も反抗せずに大人しくしておるのですぞ。もしその巨人兵が敗れたなどという情報が広がったとしたら、どうなるか。当然、我らに歯向かってくる者たちが現れるでしょう」

「むむ！　それは確かに由々しきことだな！　おい、お前！　なぜそんな失態を犯したのだ！」

皇帝が急に声を荒らげた。

「も、申し訳ございません……っ！」

最高司令官の男は、必死に頭を下げることしかできない。

そもそもあまりにも理不尽な話だった。

なにせ彼は最高司令官ではあるものの、現場で実際に軍を指揮しているわけではない。

現場はあくまで各将軍たちに任せており、上がってきた報告を受けて、軍の全体的な方針を決定づけているだけだ。

しかも皇帝からの無茶な命令のせいで、帝国軍は同時に幾つもの国に攻め込んでいるような状態である。

本来ならば、戦力を分散させるのは悪手の中の悪手。お陰で戦力や糧食の分配など、必死に頭を悩ませなければならなかった。

そんな最高司令官の男に代わり、ゼルス大臣が皇帝の問いに答える。

「陛下。巨人兵が負けることはあり得ません。もし敗北したとしても、巨人兵のせいではないはずです。すなわち、司令官が無能であるせいでしょう」

大臣の言葉を受けて、皇帝はあっさりと告げた。

「うむ、では、死刑だな。余は無能が嫌いだ。そんな者、我が帝国には必要ない。おい、とっととこいつを連れていけ」

「こ、皇帝陛下!? お、お待ちくだされ! 私は実際に現場で軍を運用している立場ではありませんっ! 遠く離れた異国で戦う軍の状況の責任を取らされ、死刑など、あまりにも無慈悲……っ!」

近衛兵たちに拘束されながらも男は必死に訴えるが、

「ゼルスよ。そろそろおやつの時間であるな!」

「左様ですな、皇帝陛下。今日は甘いチョコでございますぞ」

「やった! 早く食べたいぞ!」

皇帝の関心はすでに完全に別のものへと移っていた。

「へ、陛下ああああああああっ!? くっ! 陛下っ、その男にっ、ゼルス大臣に騙されてはなりませぬ……っ! その男は、あなた様を思い通りに操り、この国を自分のものにしようと企《たくら》んでおるのです! そのため私のような邪魔者を、こうして理不尽に排除しようとしている! どうかっ、どうか目を覚ましてくだされっ!」

「うるさいのう! 余のおやつタイムにギャアギャア騒ぐでない!」

「へ、陛下……」

絶望の表情を浮かべる司令官の男は、皇帝の一喝により大人しくなると、素直に連行されていったのだった。

ちなみにこのとき、司令官の男ですらも知らなかった。

彼らが絶対の自信を有する巨人兵四機が、操縦士もろとも、すべて鹵獲されてしまったということを……。

◇◇◇

「ルーク様！　どうか我がゴバルード共和国にもお力をお貸しください！」

「「わ、我が国にこそ！」」

「いやいや、我々メトーレ王国にこそ、今まさに帝国軍が迫ってきているところでございます！　もう一刻の猶予もございません！」

ローダ王国の王都に攻め入った帝国軍を撃退したという話は、あっという間に他の国々の使者団に伝わってしまったらしい。

僕のところに押しかけてきて、もはや事情を隠すこともなく、必死に懇願してくる。

それにしても、どこから情報を得たんだろう？

まだ村の中でも、一部の人しか知らないと思うんだけど……。

「皆さん、そう慌てなくても大丈夫です。ルーク様にかかれば、どの国も例外なく救ってくださるはずですから」

「ちょ、ミリア!?」

なに勝手に言ってるの!?

「「おおおおっ！　さすがルーク様だっ！」」

ミリアの言葉に、使者団の人たちが歓喜の声を上げた。

……なんか最近、彼らの僕に対する態度が、異常なくらい熱い気がする。

むしろ崇《あが》められているかのような……？

いや、きっと自国を救うために必死になってるだけだね、うん、そうに違いない。

「ていうか、帝国って、どれだけの国に同時侵略を仕掛けてるの……？」

僕の質問に、代表して答えてくれたのはゴバルード共和国の使者、イアンナさんだった。

「それをやれるのが今の帝国なのです。本来、戦力を分散するなど戦略上、あり得ないことなのですが、巨人兵という強力な兵器もあって、次々と国を落としているのです」

そういえば、ネマおばあちゃんに更生してもらった操縦士によれば、巨人兵は少なくとも十機はあるらしい。

操縦士でも正確な総数は分からないみたいだけど、一機でもあれば大抵の城壁は一瞬で破壊できてしまうので、戦いがかなり有利になるだろう。

「加えて帝国は、属国にした国の民たちを自軍の兵にしているのです。兵士の家族らを人質《ひとじち》に取っているため、逆らうことはできないと聞きます」

「しかも奴らは逃げようとした兵士を捕らえ、惨《むご》たらしい方法で処刑しているという！　要するに見せしめだ！　なんと極悪非道な連中なのかっ！」

「あんな国に、我が国が支配されてしまったら、一体どれだけの国民が犠牲になることか……」

イアンナさんに続いて、他の国の使者たちが声を荒らげ激怒し、またそれが己の国に降り注ぐことを想像して大いに嘆く。

「ルーク！　力を貸してあげるわよ！　その帝国とやら、さすがに許せないわ！」

話を聞いていたセレンが義憤に駆られて叫んだ。

「セレン……そうだね。僕の力でどこまでできるかは分からないけど、やれるだけのことはやってみよう。まぁこんなこともあろうかと、一応影武者たちを各地に向かわせてはいたんだ」

領地強奪スキルによって村の範囲を広げられるようにするため、影武者たちを各国にこっそり派遣していた。

いったん村の領域内に置いてしまえば、瞬間移動で簡単に飛べるからだ。

「まずは万里の長城みたいに、帝国軍が侵攻してこれないよう、それぞれの国境に城壁を作っていこうかな」

「でもそれで侵略を諦めるような国じゃないでしょ。すでに占領されてる都市や国もあるって言うし。もう直接その帝国とやらに乗り込んで、偉いやつを捕まえて更生させたらいいんじゃないかしら？」

セレンが随分と過激な提案をしてくる。

操縦士たちによると、帝国のこの熱心な侵略戦争は、現在の皇帝になって以降、一気に加速したという。

帝国内にはタカ派もハト派もいるけれど、やはり絶対的な権力を有する皇帝の意向が大きいそうである。

「じゃあ、その皇帝っていうやつをやっつけたらいいわけね！」

「……残念だけど、それは難しいかな」

「何でよ？」

「まだそこまで村の領域にすることができないんだ」

今のギフトのレベルだと、帝国は遠すぎて村の範囲に入らないのだ。

せめてあと一回くらいレベルアップしてくれれば……。

頭を悩ませていると、ミリアが言ってきた。

「ルーク様、それなら各国にお願いしてみてはいかがでしょうか？　国民を村人に登録させていただけないか、と」

「え」

「首相に確認いたしましたが、もちろん構わないとのこと！」

「国王陛下は、それで我が国が救われるというのならば、是非にと申しておりました！」

「「我が国も陛下からの許可をいただきました！」」

ミリアの提案を受けて、使者団の人たちに事情を説明してみると、本国からすぐに了承をもらってきてくれた。

切羽詰まった状況かもしれないけど、そんなに簡単にＯＫしちゃっていいのかな……。

ちなみにこの村人登録はあくまで一時的なもの。

今回の件が解決すれば、また登録から外す予定だと伝えてある。

それでも村人に登録してしまうと、村人鑑定スキルを使って、いつでも簡単に個人情報を得ることができてしまうわけで。

他国の人間が、自国民の情報を容易く取得できてしまうなんて、危険極まりない話である。

もちろん悪用するつもりはないけど。

「ふふふ、大丈夫ですよ、ルーク様」

「……何を根拠に？」

「（すでに使者団はルーク様の従順な信徒ですからね……余計なことは国に話していないはずです……ふふふ）」

なんだろう、ミリアの笑みに嫌な予感しかしない……。

ともあれ、これによって一時的にとはいえ、村人が爆発的に増えた。

セルティア王国民の大部分に相当する約二百万に、キョウの国の全国民およそ四十万、その他もろもろを含めて、元々は二百五十万ほどだった。

そこに、ローダ王国から約三百万、ゴバルード共和国から約百五十万、アテリ王国から約五十万、スペル王国から約四十万、メトーレ王国から約六十万、それ以外の小国群まとめて約五十万が、新たに加わったのである。

当然、次のレベルアップに必要だった三百万人を軽く超えたので、

〈パンパカパーン！　おめでとうございます！　村人の数が3000000人を超えましたので、村レベルが13になりました〉

〈レベルアップボーナスとして、3000000村ポイントを獲得しました〉

〈作成できる施設が追加されました〉

〈村面積が増加しました〉

〈スキル「強化マップ」を習得しました〉


「強化マップ……？」

マップ自体は最初から使うことが可能だけど、もしかしてそれの強化版ということだろうか？

実際に確かめてみると、思った通り機能が大幅に強化されていた。

例えば今まで、マップ上には施設の位置とともに、村人が黒い点によって表示されていたのだけれど、カーソルを合わせても名前しか表示されなかった。

それがこの強化マップでは、名前と一緒に全身写真を表示してくれる。お陰でたとえ名前と顔が一致していなくても、誰だか簡単に分かるようになった。

さらにこの全身写真に対して、村人鑑定スキルを使うことができるようになっている。

「ってことは、ますます他国の情報を入手し放題じゃないか……」

極めつけが、ヴィレッジビューという新機能だ。

好きな地点のリアルタイムな映像を見ることができるというもので。

「……つまり、マップ上で簡単に覗きができてしまう……この機能のことは誰にも教えない方がいいよね、うん……」

もちろん僕は覗きなんてするつもりはないけれど、疑われた場合に無実を証明する方法がなく、非常に危険だ。

他にも、マップ上で幾つかのスキルを使用できるようになっていたのだけれど、このヴィレッジビューという機能と合わせると、遠く離れた場所にある施設を、三次元配置移動で動かしたり、カスタマイズしたりすることもできそうだ。

「試しに使ってみようかな。ええと、この赤い点が恐らく帝国軍だから……」

マップを広範囲に広げてみると、あちこちに無数の赤い点が村に入り込んできている。

各国の王たちから許可を得たことで、新たに加わった領域部分だ。

「ヴィレッジビューで覗いてみると……あっ、軍隊だ！」

進軍中と思われる軍隊を見ることができた。

その中には一機の巨人兵が。

輸送の際はエネルギーを節約させるためか、自力で走行はさせず、巨大な台車のようなものに乗せて数頭の大型馬に曳《ひ》かせているようだ。

進軍する先を確認してみると、そこには中規模の都市があった。

城壁はあるものの、かなり古く、巨人兵にかかれば簡単に破壊されてしまいそうだ。

「施設グレードアップを使って、うちの城壁に変更っと」

画面の中で、立派な城壁へと姿を変えていく。

敵軍を迎え撃とうと準備を進めていた兵士たちが、驚愕している光景が見えた。

「この強化マップ、すごく便利かも……」

さらにレベルアップに伴って、新たに作成できる施設が増えた。


高速道路（50）　埋立地（500）　港（1000）　要塞《ようさい》（2000）　鉄道駅・大（3000）

〈高速道路：高速で移動できる道路。高架式。疲労軽減、移動速度大幅アップ〉
〈埋立地：川や海などを埋め立てて造られる土地〉
〈港：船の出入りや停泊のための施設。調整次第で様々な用途に利用可能。作業効率アップ。船つき〉
〈要塞：軍事的な防備施設。士気アップ。疲労回復速度アップ。医療行為の効果アップ〉
〈鉄道駅・大：商業施設などを併設させた大規模な鉄道駅。複数のホーム、路線。列車つき〉

高速道路は、道路の上位版といった感じだ。高架式となっているけれど、まだ自動車が存在していないこの世界では徒歩や馬車で利用する形になるだろう。

埋立地や港は、海のないこの荒野の村では使えない施設だね。

施設……なのかな？

「それに要塞か～。……もしかしたらこの施設、タイムリーかも」

「ドナ、巨人兵の仕組みは分かった？」

「ん、完璧」

『兵器職人』のドナの工房に行くと、そこにバラバラに解体された巨人兵が置かれていた。

「なんなら一から作り始めてる」

「えっ、もう!?」

「ん、こっち」

ドナに案内された先には、もうほとんどオリジナルと遜色のない巨人兵が。

「これもう完成してない？」

「まだ。本番は実際に試運転を始めてから。見た目じゃなく、ちゃんと動くかが大事」

「なるほど……」

巨人兵の製造には、ドナを中心にして多くのドワーフたちが参加していた。

彼らの祖先が生み出したというこの兵器を、ぜひ自分たちの手で再現してみせようと、高いモチベーションで取り組んでいるという。

「ん、今からいったん動かしてみる」

どうやら早速、試運転を行うらしい。

そこへ巨人兵の操縦士たちが呼ばれてきた。

「「よろしくお願いします！」」

ネマおばあちゃんの更生を受けて、すっかりこの村の味方になったみたいだ。……もはや更生って言っていいのか分からないけど……。

そんな彼らは、ドナたちが製造した新造機を前に目を丸くした。

「こ、これは……すごいな……まさか、こんな短期間でここまで……」

「見ろ、操縦席まで本物そのものだぞ！」

そして四人の中でもベテランの一人が、その新造機に乗り込む。

「では起動してみるぞ！」

直後、ういいいいいいいいいいん、という起動音が工房内に響き渡った。

「「う、動いた!?」」

「ん、まだここから」

ベテラン操縦士がハンドルを操作すると、巨人兵が前進を始めた。

さらに腕を動かしたり、向きを変えたりもしてみせる。

ややぎこちない感じもするけれど、間違いなく動いていた。

「す、素晴らしい……さすがはドワーフ……」

「我が国では、何年もかけて未だに成功していないというのに……」

外からこの様子を見ている操縦士たちの反応を見るに、どうやら上手くいったみたいだ。

だけど、ドナは不満そうに首を左右に振った。

「ダメ。まだ全然。動きが悪い。本物はもっとスムーズ」

どうやら彼女の理想にはまだまだ届かないようだ。

すぐに試運転をやめて、他のドワーフたちを集めて議論を始めてしまった。

一方、蚊帳《かや》の外《そと》に置かれてしまった操縦士たちは、その様子を眺めながら、

「……巨人兵の仕組みは、我々でも最高機密だからと教えてもらっていなかった」

「それどころか、巨人兵の研究も、ごく一部の限られた者たちにしか許されていないからな」

「もしこんなふうに盗み聞きしていたら、恐らく死刑になっていただろう」

「聞いたところで、まったく理解できないのだがな」

それからドワーフたちは新造機の改良を幾度となく繰り返したという。

その結果、数日後に僕が再び彼らのところを訪れると、

「なんか十機もあるんだけど!?」

「ん、たくさん作った」

「え、これもうちゃんと動くの？」

「ん、動く。オリジナルにも負けない」

完成したどころか、すでに何機も作ってしまったらしい。

「今も工場で量産中」

「しかも量産してるとか……」

「ん、でも、限界がある。高純度のアダマンタイトが必要」

アダマンタイトというのは、この世界で最も硬いとされている金属の一つだ。

当然かなり希少で、一応この村でもアリーのダンジョンの深層で採掘できるけれど、滅多に手に入らない。

「在庫を考えると、作れてせいぜい二十機」

ドナの言葉に、操縦士たちがざわめく。

「せいぜい？」

「帝国が所有する巨人兵より多いのでは……」

「こんな短期間で……」

第九章　機竜と大臣

「おい、どうだ、あれから戦の方は？　ローダとかいう国はもう落としたのか？」

「はっ、皇帝陛下。激しい抵抗に遭ったものの、我が軍の奮闘が実り、ついにローダ王国の王都を陥落させることに成功しました」

クランゼール帝国の皇帝スルダン＝クランゼールの前に跪き、新たに最高司令官を任された男が吉報を告げる。

「おおっ！　ということは、もはやローダは我が国の領土ということか！」

目を輝かせる皇帝スルダンのすぐ背後に控え、恭《うやうや》しく頷くのはゼルス大臣だ。

「それにしても、やはり前任が無能だったようですな。最強の帝国軍を率いておきながら、敗北を喫するとは」

「本当にそうだな！　殺しておいて正解だったぞ！　逆にこいつは前のやつと違って有能ということだ！　余は有能なやつは好きだ！」

「そのお言葉、この身に余る光栄でございます」

　最高司令官の男は深々と頭を下げるが、実は内心で大いに冷や汗を掻いていた。

「(やべええええええええっ！　大嘘言っちまったああああああっ！　やばいよな、これ!?　絶対やばいよな!?　バレたら殺される！　けど、バレなくても殺されるし……)」

　ローダ王国を落としたなどというのは、真っ赤な嘘だった。

　実際にはもう何日も王都を攻略しかねており、むしろ反撃に遭ってこちらの軍が大きな被害を受けているような状況だ。

「(だがそれを伝えるわけにはいかない……前任は真実を報告し、処刑された……)」

　その情報自体、最高司令官である彼のもとには上がってきておらず、独自のルートで調べさせて分かったことだった。

　恐らく軍を率いている将軍も、処罰を恐れて偽《いつわ》りの報告をしているのだろう。

「(なんなら巨人兵が鹵獲された可能性すらあるという……もしそれが真実なら、将軍も私も、一族もろともお終《しま》いだ……)」

　状況の深刻さはそれだけではない。

　他の国を攻めている軍も、ここ最近、急にその侵攻が停滞してしまっているのだ。

「(いきなり巨大な城壁が現れただの、巨人兵でも破壊できないだの、理解不能な報告が多すぎる……っ！　一体、各地の戦場で何が起こっているのだ!?)」

　もちろんそれも皇帝に報告することなどできるはずがない。

皇帝を背後から操り、実質的にこの国を支配しているゼルス大臣にも知られるわけにはいかなかった。

「(この男のことだ……戦場の様子は配下を通じ、報告させているはず……。今はまだ把握前なのか、それとも泳がせているのかは分からないが……。なんとかして、真実がバレる前に、一族を連れてこの国から逃げなければ……)」

と、そのときであった。

彼の決死の覚悟を根底から覆すような事態が起こったのは。

『さ、最高司令官っ……大変ですっ！』

彼のもとに入ってきたのは、子飼いの配下からの報告だった。

『遠話』というギフト持ちで、これを使えば遠くにいても会話が可能だ。

最大で十キロほど離れていても使用できるため、戦場で特に重宝されるギフトであるが、公《おおやけ》に知られれば召し上げられかねない。それゆえ秘密にしているのだ。

『何だ？　今は皇帝陛下との謁見中だぞ？』

『そ、空からっ……空から巨大な要塞がっ……帝都に近づいてきているのですっ！』

「……は？」

あまりに荒唐無稽《こうとうむけい》だったため、思わず口に出してしまった。

それに気づいた皇帝が眉根を寄せる。

「む、どうした、お前？」

「はっ……い、いえ、そのっ……」

空から巨大な要塞が迫っているという報告を受けたなどとはさすがに言えず、しどろもどろになってしまう。

『本当です！　外をご覧ください！　見れば分かります！』

『くっ……本当に本当だろうな!?』

配下の訴えを受けて、彼は一《いち》か八《ばち》かの賭けに出ることにした。

「陛下！　外を！　外をご覧ください！」

「なに？　外がどうしたのだ？」

「世にも珍しいものが見れるはずでございます！」

「ほう？　何か面白いものがあるのか？　どれどれ」

好奇心旺盛な皇帝は玉座から立ち上がると、外を見ることができる場所へと移動する。

この広大な謁見の間には、幾つか窓があるのだ。

「何でしょうな、陛下。陛下との謁見の途中に申すとは、よほど面白いものなのでしょう」

そう言いながらゼルス大臣が後を追う。

そして窓の近くまで来たところで、二人そろってその場に立ち尽くした。

「な、何なのだ、これは……」

「要塞が……空を……飛んでいる……？」

どうやら配下の報告は本当だったらしい。


その日、クランゼール帝国に激震が走った。

それもそのはず、巨大な要塞らしきものが空を浮遊しながら帝都に近づいてきたのである。

帝都の住民たちは上を下への大騒ぎだ。

無論、それは皇帝が住まう宮殿でも同様だった。

「だ、大臣！　あれは何なのだ!?」

「要塞……のように見えますな……」

「それは見れば分かる！　なぜそんなものが空を飛んでいるのか聞いておる！」

声を荒らげて問い詰める皇帝スルダンであるが、ゼルス大臣に答えられるはずもない。

ドドドドドドドドドドドドドンッ!!

爆音が轟《とどろ》いた。

迫りくる要塞へ、帝国軍が城壁から大砲を放ったのだ。的が大きいだけあって、砲弾はすべて直撃している。

「おい、まったく効いておらんぞ!?」

しかし要塞の外壁は僅かに焼け焦げただけで、ほとんど無傷だった。

やがてその要塞は帝都の上空にまで到達してしまう。もはやこうなっては、大砲で攻撃することもできない。

帝国最大の都市であるこの帝都の、五分の一ほどの大きさはあるだろうか。それが街の上を飛んでいるのだから、地上は日が暮れたかのように暗くなった。

そのときあることに気づいた皇帝が、慌てた様子で叫んだ。

「ちょっと待て！　あいつ、こっちに来るぞ!?」

その要塞が街の上を飛行しながら、まっすぐこの宮殿の方へと向かってきたのである。

彼らのいるこの部屋も、皇帝の威光を示すようにかなり高い位置に設けられているのだが、それでも見上げなければならなくなってきた。

「ふ、不愉快だ！　余を見下ろしおって！」

ズレた怒りを露にする皇帝を余所《よそ》に、要塞はついにこの宮殿のすぐ上空までやってくる。

「……止まった？」

どういうわけか、そこで要塞が停止したのだ。

彼らの場所から見ることができるのは、石材が敷き詰められたその裏側だけ。

そのとき要塞の裏側に穴が開いたかと思うと、そこから道のようなものがこの宮殿に向かって延びてきた。

一本だけではない、少なくとも四本はあるだろうか。

「おい、あの道から何かが来ているぞ!?　あ、あれは……兵士ではないのか!?」

皇帝が悲鳴じみた声を上げる。

要塞からこの宮殿へ繋がった謎の道を伝って、軍隊らしき一団が降りてきたのだ。

「あの装備は……まさか、ゴバルード共和国の……？　向こうの道はローダ王国の軍……っ？　あそこはアテリ王国か……っ!?　一体どうなっている!?」

それぞれのルートから宮殿に迫るのが、各国の軍隊だと理解して、愕然とするゼルス大臣。

まさか自分は夢でも見ているのかと頬を抓《つね》ってみるも、明らかに痛かった。

「夢ではない……つまり、あの要塞は本当に現実で、この宮殿に各国の軍が攻め込んできたということか……？　っ、早急にやつらを撃退せよ！　ここは神聖なる皇帝陛下の宮殿である！　異国の人間どもに足を踏み入れさせるなど、許されることではないぞ！」

大臣は慌てて近衛兵たちに指示を飛ばす。

もちろんとっくに近衛兵は動き出していたが……。

◇　◇　◇

「まさか、こんなことができるとは……」

「見ろよ、あの帝国軍の連中の鳩《はと》が豆鉄砲を食ったような顔……そりゃ、驚くに決まってるよな……」

「なにせこんな巨大な要塞が、空を飛んで近づいてくるんだからな……」

「しかも国の中枢に近づいてくるときた……敵じゃなくて本当によかったぜ……」

そんなことを言いながら、各国の兵士たちが士気高く帝国の宮殿に突入していく。

要塞から直接、宮殿へと繋げた「橋」が全部で八本あるため、軍団を八つに分けている。

帝国に直接乗り込むにあたって、各国から少しずつ兵を出してもらったのだ。

要塞に乗って帝都まで移動するのだと話をしても、最初はどの国も理解ができない様子だったけれど、実際に空飛ぶ要塞を見せると、驚きつつも喜んで協力してくれた。

少しずつと言っても、全部で五千人ほどの兵力が集まった。

それにうちの村からも約五百人を加えた戦力が、一気に宮殿へと雪崩《なだ》れ込んでいくのだから、ほぼ撃退など不可能だろう――人間の兵士だけでは。

「みんな、気を付けてね。宮殿にも何機か巨人兵がいるっぽいから」

「「「うおおおおおおおっ!!」」」

各国の部隊が橋を渡り、雄《お》たけびと共に宮殿内へ次々と突撃していく。

もちろん宮殿側もそれを迎え撃とうと、兵たちを集めている。

けれど、同時に八か所から、しかも予想だにしていなかった奇襲とあって、まったく戦力が足りていない。

あっという間に蹴散らされ、宮殿内への侵入を許してしまった。

「この一帯は我がゴバルード共和国軍が占拠したぞ！」

「「おおおおっ！」」

敵兵が少ない場所だったこともあってか、真っ先に宮殿内の一角を完全に占拠してしまったのは、ゴバルードの兵団だ。

ちなみに連携が取れやすいよう、基本的に国ごとに団を形成させている。

中でも最も士気が高いのが、すでに帝国軍による侵攻を受け、王都にまで迫られていたローダ王国の兵団だった。

「我が国の領土を蹂躙《じゅうりん》された恨み、ここで晴らしてやる！」

「ローダ王国に栄光あれ！」

「「うおおおおおおおおっ！」」

敵兵からの抵抗も激しい地点だったものの、怒りに燃える彼らは、帝国の兵たちを次々と打倒していく。

「くそっ、何なんだ、この兵たちは!?」

「ローダ王国だと!?　なぜ突然この宮殿に……っ!?」

帝国兵たちは、未だに事態を理解できず大いに困惑している。

そのときだった。大きな足音を響かせながら、巨大な人型兵器が宮殿の奥から姿を現したのは。

「っ！　助かった！　巨人兵だ！」

「ははははは！　ローダ王国の奴らめ、巨人兵が来たらもうこっちのものだぞ！」

勝ち誇る帝国兵たち。

「よし、今だ」

……実はここまでの戦場の様子、強化マップの機能であるヴィレッジビューによって、僕はずっとリアルタイムで見ていたのだ。

敵の巨人兵が出てくるこのときを待っていた。

「準備はいい？」

「問題ありません！　いつでも出撃できます！」

村のドワーフたちが一から製造してくれた巨人兵の中から、操縦士が威勢のいい返事をくれる。

帝国の操縦士から指導を受けて、巨人兵を扱えるようになった村人だ。

僕――身体は影武者だけど――は瞬間移動を使って、その巨人兵を戦場へと投入した。

巨人兵が装備扱いになるお陰で、瞬間移動で運べるのだ。

「っ!?　巨人兵!?　どこから現れた!?」

目には目を巨人兵には巨人兵を作戦に、驚愕する帝国兵たち。

さらにこのときに備えて、すでに魔力砲の発射準備を整えていた。敵の巨人兵の脚部を狙い、腕部の発射口から強烈な一撃をお見舞いする。


ドオオオオオオオオオオンッ!!


右の脚部を吹き飛ばされた敵の巨人兵が、勢いよくその場にひっくり返った。

これでもう戦うことは不可能だろう。

「どういうことだ!? あの巨人兵は敵のものなのか!?」

「巨人兵が破壊された……っ!?」

「しかも敵側に巨人兵……そんな……」

帝国の快進撃の原動力となっていた頼もしい巨人兵が、今度は敵として彼らの前に立ちはだかったのである。

その絶望は大きく、その場にいた帝国兵たちは完全に戦意を喪失していた。

さらに別の箇所でも巨人兵が投入されてきたので、こちらもまた巨人兵を送り出す。

そうして次々と敵の巨人兵を破壊していった。

全部で何機くらい宮殿守護に利用されているか知らないけれど、さすがにこれを何度か繰り返していれば、帝国軍も巨人兵を投入できなくなるだろう。

ちなみに巨人兵は魔力で動く。

完全に充填《じゅうてん》させるのにはかなりの量の魔力が必要で、今回この戦いに間に合わせることができたのは十機が限界だった。

無限に巨人兵が出てきたら困るため、僕は先んじてヴィレッジビュー機能を使い、宮殿内部を調査していた。広いのですべて調べ切れたわけではないものの、全部で恐らく七機ほどしかないと思われる。

「さて、宮殿内はもう大混乱って感じだね。そろそろ本隊を送り込む頃合いかな」

要塞から橋を伝って宮殿に突入した八つの軍団は、あくまでも囮《おとり》。

敵軍がそちらの対処のために奔走している中、精鋭ばかりを集めた部隊を、瞬間移動を使って一気に宮殿の中枢へと送り込むというのが、今回の作戦だった。

その部隊を構成するのは、村の狩猟隊を中心に集められた、お馴染みのメンバーたちだ。

セレン、フィリアさん、セリウスくん、ゴリちゃんに、『盾聖技』のノエルくん、『巨人の腕力』のゴアテさん、『剣技』のバルラットさんとペルンさんに、『槍技』のランドくん、『剛剣技』のバンバさん、『斧技』のドリアル、そして――

「ぜひあたしにも協力させてくれ！」

「儂も力を貸しますぞ！」

エンバラ王国のマリベル女王とその護衛であるガンザスさんが、今回の話を聞いて志願してくれたのだ。

どちらも強力なギフト持ちなので非常に頼もしいけれど、

「さすがに一国の女王様が参加するには危険すぎる気が……」

「心配は無用だ。我が国を救ってもらったお礼に、ずっと何かできないかと考えていた。だからぜひ力になりたい」

「儂も陛下と同じ気持ちですぞ！」

そしてこのメンバーに加えて、各国の軍から選りすぐられた一流の兵士たち約十名が、この部隊に参加していた。

もちろん全員が強力なギフトを持っている。

実戦経験も豊富で、きっとこれまでに幾つもの修羅場を潜り抜けてきたのだろう、圧倒されてしまうほどのオーラがあった。

いいなぁ、僕も彼らみたいなカッコいい人間になれたらなぁ……。

「しかしまさか、帝国の中枢に攻め込むことになろうとは……」

「ルーク殿が持つような規格外のギフトなど、我が国でも聞いたことがない」

「そもそも一つのギフトで、これだけ多彩なことができてしまうのが信じられぬ」

「普通の人間であれば、悪用しようと考えるだろう。だがルーク殿はその力を正義のために使っておられる」

「あの若さでなんて素晴らしい方だ。彼こそが理想のリーダーだろう。それに比べれば、俺なんてまだまだ……」

あれ、そんな彼らから、なぜか尊敬の眼差しを向けられてるような……いや、きっと気のせいだろう。

この最強の部隊を引き連れ、僕はあらかじめヴィレッジビューによって見つけていた宮殿の中枢らしき場所へと瞬間移動する。

「っ！　なんかすごく広い部屋ね！」

「たぶんここが皇帝に謁見したりするところだと思うんだ。ほら、奥に玉座があるでしょ」

広大な部屋の奥には、これでもかというくらい豪華絢爛《けんらん》な座具が置かれていた。

「っ!?　なんだ、お前たち!?　どこから入ってきた!?」

そこへ怒声が響いてくる。声がした方を見ると、そこにいたのはやたら煌《きら》びやかな衣服を身に着けた十歳くらいの少年だった。

「子供？」

王族の子供だろうかなと思っていると、

「おい、いつまで突っ立っている！　皇帝である余の御前だぞ！　頭を低くしろ！」

「え、皇帝？　あんな子供が？」

「っ……お、お前こそ子供だろう!?　余を子供呼ばわりするなど、言語道断！　死刑だ！」

顔を真っ赤にし、癇癪《かんしゃく》を起こしたように叫ぶ自称皇帝。

まぁ、王制の国の場合、君主が幼いケースなんて珍しくないか。

巨人兵の操縦士たちが一度も皇帝に会ったことがないと言っていたけれど、この事実は隠されているのかもしれない。

「……陛下、危険ですぞ。やつらは恐らく侵入者……我が国の者たちではありませぬ」

そんな皇帝に注意を促したのは、背後にいた男だ。

年齢は三十代半ばぐらいだろうか。

小柄で小太り、薄くなった頭髪、そして左右に跳ねた口ひげが特徴的である。

「えっ!? へ、兵隊どもは何をしているんだ！　こんなところまで敵の侵入を許すなんて！」

激高する幼帝。

兵士が足りていないのか、あるいはここまで侵入されるとは想定していなかったのか、彼の近くにいるのは先ほどの男と二人の屈強そうな兵士だけだ。

さすがにその二人の兵士は相当な実力者のようだけれど、こちらとの戦力差を理解しているのか、武器を構えながら慌てて叫ぶ。

「陛下！　大臣！　お逃げください！」

「やつら相当な手練《てだ》れです！　我らが時間を稼いでいる間に！　早く！」

その切迫感が伝わったのか、幼帝は「ひぃっ」と情けない悲鳴を上げて、

「た、頼んだぞ！　絶対やつらをそこで食い止めるんだ！　いいな！」

慌てて部屋の脇にある出入り口から逃げていった。

その後、僕たちはあっさりと兵士二人を無力化することに成功。

「ぐっ……無念……」

「陛下……お逃げ……ください……」

たぶん二十秒もかからなかったんじゃないかな。こちらは最高戦力を集めていたわけだし、人数差も考えるとむしろ兵士たちは健闘した方かもしれない。

そしてすぐに逃げた皇帝と大臣の後を追いかけた。

「ええと、確か、こっちだったはず」

宮殿内は複雑に入り組んだ構造になっていて、普通はいったん見失うと捜すのは困難だろう。

だけどヴィレッジビューを使い、二人の行方を追っていたため、迷うことはなかった。

「それにしても、さっきの兵士たち以外、まったく敵兵と遭遇しないね」

「恐らくこの場所そのものが、ごく一部の者たちしか立ち入れないところなのだろう」

マリベル女王が言う通り、この辺りはどうやら後宮のようだ。そのため時々見かけるのは若くて奇麗な女性ばかりである。

まだ皇帝はそういう年齢ではないはずだけど……。

子供の足ではそんなに速く走ることはできないし、そろそろ背中が見えてくる頃だと思ったところで、僕は足を止めた。

「あれ？　おかしいな……確かにこっちの方だったのに……」

先が行き止まりになっていたのである。

「何よ、進めないじゃない」

「いえ、姉上。明らかに不自然な行き止まりです。何かあるかもしれない」

セリウスくんが指摘する。僕も同感だ。

「もしかしたら隠し扉かも……？」

「きっと簡単に開けられるようにはなってないと思うわぁん。壊してみるのが一番よぉ♡　……」

どっせぇぇぇぇぇぇぇぇぇぇいっ!!」

怒声と共にゴリちゃんが豪快な回し蹴りを繰り出す。

ドオオオオオオオオオオオンッ!!

すると壁が爆砕し、大きな穴が開いた。

「な、なんという凄まじいパワーだ……」

「この材質、かなり硬いものを使用している……これを一撃で粉砕してしまうとは……」

「あの御仁、何者なんだ……色んな意味で」

各国から招集された精鋭たちが頬を引きつらせている。やっぱりゴリちゃんの凄さは国境を超えるらしい。

「うふぅん、見て、あったわぁん♡」

ゴリちゃんが嬉しそうに指さす先には、下りの階段があった。

本当に壁の向こうに隠されていたみたいだ。

僕たちはその階段を慎重に降りていく。さらにその階段の先には長い廊下があって、そこを進んでいくと、

「ここは……工房？」

「見て、巨人兵が置いてあるわ！」

「メンテナンス中のようねぇ」

どうやらここは巨人兵の格納庫らしい。

恐らく宮殿の地下に作られているのだろうけれど、巨大な兵器を保管しているだけあって、天井も高くて相当な広さがあった。

「おい！　あそこにいたぞ！」

叫んだのはゴアテさんだ。

そこには格納庫の向こうへ逃げていく二人の姿があった。

「ぜぇぜぇ……お、おい、ゼルス！　余を置いていくでない……っ！」

先を走る大臣に、皇帝が息を切らしながら怒鳴っている。

「も、もう、余は走れぬぞ……」

子供の体力では限界だったのだろう、ついに皇帝は両膝に手をついて立ち止まってしまった。

「ぜぇぜぇ……どうせやつら、この場所には入ってこれぬはずだろう……あの隠された階段を見つけることなど……」

そこでこちらを振り返った皇帝が、「ぎゃあ!?」と叫んでその場に尻もちをつく。

「ななな、なぜここまで来ておる!? おい、ゼルス！　なに一人で逃げておるのだ！　すぐに戻ってきて余を守らぬかっ！」

必死に訴えているけれど、大臣が戻ってくる気配はない。

それどころか、すでにその姿は奥にあった扉の向こうに消えてしまっていた。

「ひぃっ！　こ、こっちに来るな！　これは皇帝命令だぞ!?」

喚き散らす幼帝に、各国の精鋭兵たちが近づいていく。

「まだロクに分別もついていない子供の皇帝か……。侵略戦争を始めたのは、周りの大人たちに唆《そそのか》されてのことだろう」

「だが子供とはいえ、この国の皇帝であることは事実。その責任から逃れることはできぬ」

「ああ。今後の処置については各国で協議するとして、ひとまず身柄は拘束させてもらおう。人質に取ることで、戦争を終わらせることもできるだろうからな」

そうして皇帝を捕まえようとしたときだった。

ドオオオオオオオオオオオオンッ!!

突然の轟音と共に向かいの壁が弾け飛ぶ。ちょうど先ほど大臣が消えていった扉のある壁だ。

「っ……何が起こった!?」

「あ、あれは何だ……？　ドラゴン……？」

「いや……」

穴の向こうから現れたのは、巨大な生き物。

いや、生き物……じゃない？

全長二十メートルを超える大きなトカゲのような形状で、最初はドラゴンかと思った。だけどその身体を覆うのは鱗ではなく、明らかに金属製の装甲だ。

「何よ、あれは!?」

「ドラゴン？　しかし、生き物の気配を感じぬが……」

「そうねぇ、生物じゃなさそうよぉん」

恐らくあれも巨人兵と同じ兵器なのだろう。

そのとき機械仕掛けのドラゴンから、人の声が聞こえてきた。

「ふはははははっ！　どうだ、驚いたであろう、侵入者ども！」

スピーカーのようなものから響き渡るのは、先ほどの大臣の声だ。どうやら巨人兵同様、あの中に乗って操縦しているらしい。

「ゼルス!?　おい、何をやっている!?　早く余を助けんか！　いや、もしかして助けに来てくれたのか……？　そうか、逃げたわけではなかったのだな！　だがその兵器はすごいな！　あとで余にも乗らせるのだ！」

皇帝が怒ったり喜んだりしている。

しかしそんな皇帝を無視して、大臣は続けた。

「この兵器の名は〝機竜〟！　巨人兵と同じく古代遺跡から発掘した兵器だが、量産型の巨人兵とは訳が違うぞ！　たった一機しか見つかっておらぬが、その性能は巨人兵を遥かに凌ぐ！　こいつにかかれば、生身の人間など地を這う蟻《あり》も同然だ！　ふはははははっ！」

ズドンズドンという大きな地響きと共に、機竜が前進する。

そのまま皇帝を踏み潰してしまうのではないかというところで、いったん停止した。

「あ、危ないではないか!?　もう少しで余がぺしゃんこになるところだったぞ!?」

「……」

「何とか言え、ゼルス！　ぜ、ゼルス……？」

直後、機竜が首を伸ばし、その鋭い顎で皇帝の身体を捕らえた。

「～～～～っ!?　な、何をするのだ!?」

「くくく、相変わらず愚かだな。自分が一番の無能だとも知らずに」

「何だと!?　お前！　余が無能だと!?　余は皇帝だ！　この世界で最も偉いのだぞ!?」

「確かに、今まではそう教えてきた。だがそんなものは真っ赤な嘘だ。真実を教えてやろうか？

一人では何もできぬ貴様は、ただのお飾りの皇帝だ！　真にこの世界を支配するのはこの私っ！

貴様はそのための道具に過ぎん！」

「っ……」

どうやらこの状況で大臣が謀反《むほん》を起こしたらしい。

「こんな場所まで侵入されるなど完全に予想外だったが、考えてみればむしろ絶好の機会！　ここで貴様を殺しても、その罪をやつらに擦《なす》り付けることができるのだからなア！」

大臣の操作で、機竜が皇帝を咥《くわ》えた顎をゆっくりと閉じていく。

「いいいいいいたいいいたいいいたいいっ!?　や、やめろ、ゼルス!?　やめてくれぇっ！　わ、分かった！　お前に皇帝の座を譲ろう！　だ、だから、命だけは助けてくれえええええっ！」

皇帝が涙ながらに訴えるも、大臣は本気でヤるつもりだ。

うーん、機竜で噛み殺すなんていう特殊な殺し方だと、死因で犯人がバレちゃうんじゃ……？

って、そんなこと心配している場合じゃない。

そのときだった。機竜の頭部目がけ、一人の巨漢が横から凄まじい速度で飛んでいく。

「ぼーや、舌を噛まないよう口を閉じておくのよぉん！」

「っ!?」

「どっせぇぇぇぇぇぇぇぇぇいっ!!」

機竜の顎へ、ゴリちゃんが強烈な蹴りを見舞った。

凄まじい轟音が鳴り響き、機竜の顎が開いてそこから皇帝の身体が弾き飛ばされる。

「うわああああああああっ!?」

宙に放り出され、地面に叩きつけられそうになった身体をキャッチしたのは、ガンザスさんだった。

「危ないところだったわね……危ないところだったな！」

ゴリちゃん師弟のナイスコンビネーションだ。

「っ!?　ば、馬鹿なっ!?　この機竜に、生身の人間がこれほどの衝撃を与えるなど……っ！」

「うふぅん、幼い皇帝を裏で操った挙句、排除して自分がすべての権力を握ろうとするなんて、反吐《へど》が出ちゃうほど醜い大人ねぇ？　そんな悪党は、アタシたちがお仕置きして、あ、げ、る♡」

「ひぃっ……」

ウィンクと共に強烈な闘気を放つゴリちゃんに、大臣から漏れた悲鳴がスピーカー越しに聞こえてくる。

だけど気を取り直したのか、自分の優位性を再認識したのか、すぐに勝ち誇ったような笑い声が響いてきた。

「くくく、だが結果は変わらぬ！　貴様らを殺して、それからスルダンを殺せばよい！　順序が逆になっただけだ！　逃げようとしても無駄だぞ？　この格納庫は完全に閉鎖しているからなァ！　鼠《ねずみ》一匹、出ることも入ることも不可能だ！」

どうやら自身が操縦する機竜に絶対的な自信を持っているらしい。

「しかし貴様らは幸運だ！　機竜の初めての実戦相手に選ばれたのだからなァ！　その栄誉を誇りながら、死ね！」

機竜がその尾を豪快に振り回した。

近くにいたゴリちゃんはとっさに両腕でガードしたものの、思い切り吹き飛ばされ、壁に激突してしまう。

「ああん、強烈ねぇ……」

「ゴリちゃん師匠!?」

ゴリちゃんを心配しつつも、ガンザスさんが皇帝を抱えながら僕たちの方へと戻ってきた。

「接近戦は危険そうねっ！　それなら……っ！」

「うむ、遠距離攻撃だ」

セレンが攻撃魔法を放ち、フィリアさんもすかさず矢を射《う》つ。

さらに他のメンバーたちも、一斉に遠距離攻撃を仕掛けた。

「ふはははっ！　無駄だ無駄だっ！」

だけど、セレンの氷弾もフィリアさんの矢も、その硬い装甲の前に弾かれてしまう。

先ほどのゴリちゃんの強烈な一撃でも、顎が開きはしたけれど、僅かに表面が凹んだ程度だったし、相当な防御力のようだ。

「今度はこちらから行くぞ？　まとめて死ぬがよいわ！」

そのとき、機竜の口腔が強く発光した。

何かを溜めているかのような様子に、僕たちは警戒する。

「なんという魔力っ……」

「く、来るぞっ!?」

直後、機竜の口から放たれたのは、魔力のレーザーだった。

逃げ道をなくすためか、首を横に大きく振る機竜。極限まで圧縮された魔力の光線が、壁や床を一瞬にして削り取りながらこちらへと迫る。

「みんな！　おれの後ろに！」

盾を構えながらノエルくんが叫ぶ。

全員が慌ててその背後に飛び込むのとほぼ同時、レーザーが盾に直撃した。

「～～～～～～～～～～っ!?」

吹き飛びそうになるノエルくん。

それを慌ててゴアテさんが支え、辛《かろ》うじて耐える。レーザーがゆっくりと収まっていった。

「なんて、威力……」

ノエルくんが装備している盾は、アダマンタイト製の特注品だ。

にもかかわらず、今のレーザーを受けて中心が大きく抉《えぐ》られてしまっている。

巨人兵と同様、一度に膨大な魔力が必要なはずで、何発も放つことは難しいはずだが、この盾の状態では恐らくもう一発、持つかどうか……。

「馬鹿な……この一撃を、防いだだと……？」

一方、大臣の方も驚愕していた。

まさか凌がれるとは思っていなかったみたいだ。

それにしてもあの防御力に加え、凄まじい威力の魔力レーザー。

まともに戦っていたら、いくら精鋭揃いの部隊といえ、死傷者が出てしまうだろう。

以前、巨人兵を倒したときのように、床に穴をあけて落としてしまうという戦法は、生憎と今ここでは使えない。

この場所のように人工的に作られた床を抉るような形で、いきなり堀を作り出すことはできないのだ。

幸いこの戦いのために準備していた巨人兵が、あと三機残っている。

これを一気に投入して、機竜と戦ってもらうか……。

……いや、待てよ。

あの機竜の大きさだ。もしかしたら操縦席も……。

僕はヴィレッジビュー機能を使い、機竜の内部を調べていく。

「見つけた！」

「？　どうしたのよ、ルーク？　それより、あいつをどうやったら倒せるのか、教えなさいよ！

そうだわ！　以前、ドラゴンゾンビを倒したときみたいに、デンシャをあいつにぶつけるのはどうかしら？」

「その手もあるけど、今回はもっと簡単な方法があったよ。じゃあ、ちょっと行ってくるね」

僕はそうセレンに告げて、瞬間移動を使う。

そうして視界が切り替わった先にいたのは――

「これを何発も防げるはずがない。今度こそ終わりにしてやろう」

「こんにちは」

「へ？　～～～～っ!?　な、ななな、なぜここに!?」

◇◇◇

ゼルスは決して恵まれた人間ではなかった。

生まれは帝国の下級貴族の家。

貴族と言っても末端ともなると、裕福とは程遠い。

ロクな領地など持っていなかったため、宮中に勤める父の少ない給金だけが収入源で、貴族としての最低限の見栄えを整えるだけでも精一杯だった。

ゼルスは長男だったが、宮中での権力闘争によっては、吹けば飛ぶような爵位などあっさり失われてしまう。将来的な貴族の地位すらも決して安泰ではなかった。

ましてや、陞爵して宮中の要職に就ける可能性などゼロに等しい。

だがそんな彼の灰色の人生が一変したのが、ギフトを授かる祝福の儀式だった。

ゼルスが手に入れたのは、『豪運』というギフトだ。

その名の通り、強烈な幸運を呼び込むこのギフトのお陰で、彼は出世の街道を駆け上がることとなった。

やがて腹違いの妹が皇帝の后《きさき》となり、継承権を有する息子が誕生。

気が付けば、幼き甥《おい》を皇帝の座に就けることに成功し、彼は大臣として己の意のままにこの国を操ることができるようになっていた。

「そうだ……この私には『豪運』のギフトがある……っ！　今まで一見ピンチに思えるような状況であっても、その先にはさらなる成功があった！　今回もそのパターンに違いない……っ！」

まだ完全には修理が済んでいない機竜を持ち出し、侵入者たちと対峙《たいじ》しながら、彼は自らの勝利を信じて疑ってはいなかった。

「ここでスルダンを抹殺し、やつらにその罪を擦り付けてやればよい！　そうすれば私はこの国の英雄だ！　新たな皇帝の座に君臨するに相応《ふさわ》しい存在となる……っ！　くふふっ……ふはははっ！」

驚くことに必殺の魔力レーザーを盾で防がれてはしまったものの、彼はいたって冷静なままだ。

「これを何発も防げるはずがない。今度こそ終わりにしてやろう」

「こんにちは」

そのとき突然、背後から聞こえてきた声。

振り返った彼が見たのは、侵入者の一団にいた一人の少年だった。

「へ？　～～～～～っ!?　な、なななな、なぜここに!?」

絶対あり得ない状況に、ゼルスは心臓が止まるかというほど驚愕する。

この操縦席は、一度中から鍵をかけてしまえば、完全に出入りができなくなる仕組みになっているのだ。

敵が入り込むなど想定外にも程がある。

「巨人兵の操縦席と違って、スペースが空いてたからさ」

意味不明なことを言う少年に、ゼルスはますます困惑してしまう。

「あ、でも、このままだと機竜が装備品扱いになっちゃって、外に連れ出せないのかな？」

「っ……貴様っ、どうやってこの場所に入ってきたあああっ！」

ゼルスは混乱しながらも、ほとんど直感的に身体が動いていた。

身体を固定していたベルトを外して座席から立ち上がると、少年を排除するべく自ら躍りかかったのだ。

普段からロクに運動もしていないゼルスは、大の大人とは思えないほど体力に乏しい。

だが相手は皇帝スルダンとそう大差ない子供だ。

いくら非力なゼルスであっても、腕力で捻じ伏せられるはずだった。

『豪運』のギフトの恩恵もあってか、ゼルスが突き出した拳はほぼ完璧な軌道を描いて、少年の顔面に直撃する。

「痛っ……くはないや、影武者だし。よし、捕まえた」

「っ!?」

少年は一瞬顔を顰《しか》めたものの、すぐに何でもなかったかのように呟き、ゼルスの腕を摑んできた。

「座席から立ってるし、この状態ならいけるかも？」

次の瞬間、周囲の光景が切り替わった。

「え……？」

唖然としてしまうゼルス。今の今まで操縦席の中にいたはずが、どういうわけか目の前に巨大な機竜が見えたのである。

そして彼は侵入者たちに取り囲まれていた。

「上手くいったみたいだ。やっぱりちゃんと座っているかどうかで判定が分かれるんだね」

「ど、どうなっている!?　何かの幻覚か!?」

「幻覚じゃないよ。瞬間移動で外に連れてきただけだよ」

声を荒らげるゼルスに、少年はまたしても意味不明なことを告げたのだった。

その後、ゼルスは少年の率いる一団が、主にセルティア王国の人間たちで構成されていることを知った。

いずれは侵略を仕掛ける予定だったとはいえ、帝国から大きく離れた位置にある国であり、なぜこのタイミングで帝国に牙を剝いてきたのか、現在もまるで見当がついていない。

しかもゼルスは今、少年が治めているという都市へと連れてこられ、そこの牢屋に放り込まれているのだ。

少年が言うにはセルティア王国内でも辺境の地にあるそうだが、移動時間は本当に一瞬のことだった。

「一瞬で機竜の外に出たことといい、間違いなくギフトの力……突然、宮殿内に現れたことも、それで説明がつく……まさかそのようなギフトが存在しているとは……」

戦慄《せんりつ》と共に理解するゼルス。

だが一方で、彼はまだ自分が置かれた状況を信じることができずにいた。

「一体これのどこが『豪運』だ……っ！　このような場所に捕らわれるなど、どう考えても最悪の事態だろう……っ!?」

と、そのとき、彼のもとへなぜか一人のメイドがやってきた。

「いいえ、あなたは非常に運がいいですよ」

「何だとっ？」

その柔和な微笑みは、まるで聖母のようだったが、ゼルスはなぜか背筋のあたりがぞくりとするのを感じた。

彼女は一点の曇りもない眼で、告げる。

「なぜなら、これからルーク様の忠実な信奉者になることができるのですから」

「ひ、ひいいいいいいいいいいいいいいいいいいいっ!?」

自分でも無意識のうちにゼルスは絶叫していた。

エピローグ

皇帝と大臣を押さえたことで、帝国はあっさりと降伏した。

多国籍軍が宮殿を完全に占領することとなり、帝国は侵略中だった国々へ敗北を宣言。すぐさま軍を撤退させたのだった。

その後、各国の代表団が監視する中、十歳の皇帝スルダンはその座を降り、代わりに新たな皇帝が選出されることに。

そして新皇帝の座に就いたのは、大臣の勢力によって帝都から追放されていたスルダンの腹違いの兄、アゼルダン＝クランゼールという人物だ。

二十五歳の彼は、帝都追放後も大臣の勢力に命を狙われ続けていたようで、幾度となく暗殺の危機を乗り越えてきたらしい。

それもあってか、帝国の君主に相応しい気概と胆力を持った人物だった。

彼は属国化した国々の解放を宣言。さらには各国が帝国軍によって受けたあらゆる被害に対して、賠償を負うと誓った。

被害を受けた国の中には当初、帝国を攻め返せとの意見を持つ国もあった。

しかし新皇帝の誠実な対応により、次第に態度を軟化させ、最終的には平和的な合意を交わすに至った。

なお、僕たち荒野の村のメンバーの大半は、帝国が敗北を宣言した直後に村に戻ったのだけれど、ダントさんは帝国に残り、戦後処理が円滑に進むよう色々と裏で動いてくれたらしい。

前述したのは、彼からの報告をまとめたものである。

「後のことを丸投げしちゃってすいません、ダントさん」

「いいえ、お陰でいい経験になりました。セルティアの王宮にもサポートしていただけましたし……」

いつも僕に色々と丸投げしてくる王様だけれど、しっかりとここで恩を売っておけば、セルティア王国としても大いに株が上がると考えたのか、全面的にダントさんをバックアップしてくれたみたいだ。

ほんと、したたかな王様だよね……。

「もちろん今回のことで最も株を上げたのはルーク様です」

「え？」

「当然でしょう。ルーク様がいらっしゃらなければ、帝国を止めることなどできなかったのですから。とりわけ帝国の属国と化し、虐《しいた》げられていた国の人々はルーク様を英雄と崇めています。復興が進んでいけば、いずれ大勢の人たちがこの村に大挙して訪れることでしょう（聖地巡礼として……。『ルーク様伝説』をもっと増産できるようにしなければ……）」

「ええぇ……」

「あ、それからもう一つ。こちらは些細《ささい》なことですが」

ダントさんが何かを思い出したように手を叩く。

「村人登録の件、一時的ということで各国に許可をいただいていましたが……どの国もぜひそのままにしておいてほしいとのことでした」

どこが些細なことなの!?

帝国の暴走の元凶であるゼルス大臣。

彼をいったん村へと連行し、牢屋に入れていたところ、

「ルーク様、私は今まで本当に強欲で罪深き人間でした。私の醜い人間性のせいで犠牲になったすべての方々へ、心からお詫びいたします」

……いつの間にか中身が別人になっていた。

どうやら勝手におばあちゃんが更生させてしまったらしい。

「更生し甲斐《がい》がありそうな男がいるなと思って、つい、ねぇ。いっひっひっひ」

この大臣、いや、元大臣は、各国の協議によって、一時は最大の戦犯として処刑されることになっていた。

だけど現在も執行日が定められておらず、今のところずっと保留状態になっている。

彼が心を入れ替えたことも無関係ではないと思うけれど……さすがにそれだけで処刑を許されることはないはず。

「『豪運』というギフトのお陰かな？」

「いつでも処刑される覚悟はできております。しかしその日が来るまでは、ルーク様と世界平和のために、この身を捧げていくことをお誓いいたします」

ん、今、「ルーク様と」世界平和って言わなかった？　気のせいかな……？

そして帝国の巨人兵は、すべて村が預かることとなった。

帝国が所持し続けることを各国が嫌ったものの、かといってそれぞれの国に分配すると今後の火種に繋がりかねない。

ドワーフたちの猛反対もあり、貴重な遺物を破壊するというわけにもいかず、そこでこの村がひとまず管理することになったのである。

もちろん村が暴走する可能性も危惧されたけれど、そもそも巨人兵を一から製造できるのだから一緒だろうと判断されたらしい。

あの機竜もこの村で保管することになった。

「それにしても大きいなぁ……」

村の上空を飛ぶ公園。そこでドナたちドワーフが、機竜の動作検証を行っている様子を見ながら、僕は思わず呟く。

巨人兵のときと同様、彼らはこの機竜の仕組みを解析しようとしているのだ。こんな場所なのは飛行能力の実験もするためだ。

そのとき空からこの機竜と大差ない巨体が降ってきた。

あれ？　何か口に咥えてるような……。

「何じゃこれはあああああああああああっ!?」

その巨体は小さな幼女へと姿を変えながら絶叫した。

魔境の山脈に住むドラゴンのドーラである。

「また村の料理を食べに来たの？　これは機竜っていって、ドラゴンを模して造られた兵器だよ」

「おおお、お主ら、こんなものまで造れるのか!?」

「違うよ。これは古い遺跡から発掘されたものらしいよ」

身体を震えさせるドーラに、僕がそう言ったまさにそのタイミングで、ドナが呟いた。

「ん、だいたい分かった。たぶん、これも一から造れる。頑張れば何機でも」

「やっぱり造れるんじゃな!?　しかも何機も……ガクガクブルブル」

……このドワーフたちのことだし、放っておくとこの危険な機竜を量産してしまって、村が世界を支配できるような軍事力を抱えてしまうことになりかねない。

今後はもっと厳しく管理しないとダメだね、うん。

「それより、ドーラ。さっき口に何か咥えてなかった？　あ、もしかしてそこに落ちてる……って、アカネさん!?」

無造作に放り捨てられていたのは、山脈踏破に再挑戦していたはずのアカネさんだった。

「またわらわの巣の近くで見つけての。連れてきてやったのじゃ」

どうやらまた失敗してしまったらしい。

「だ、大丈夫？　あ、まだ意識があるっぽい」

「また、失敗してしまったで、ござる……」

「すぐに病院に連れていくから、じっとしててください」

「せ、切腹っ……いたすっ！」

「だからじっとしててって言ってるでしょ！」

瀕死のくせに切腹を試みようとするアカネさんを怒鳴りつけてから、僕は大きく溜息を吐き出した。

「なんでまた失敗してるんだよ……面倒だから早く成功して……」

「手を煩《わずら》わせてしまって、誠に申し訳ない……これはもはやお詫びに腹を切るしか！」

「面倒なのはそれが理由なんだけどさ!?」

おまけ短編　大食漢サムライ

東方の国エドウのサムライである少女、アカネ。

魔境の山脈の単身踏破に失敗し、一度は死を覚悟した彼女だったが、幸運にも生き延びて再挑戦のチャンスを与えられた。

人化が可能なドラゴンに拾われて、西側の村に連れてこられたのだ。

「必ずここで強くなって、今度こそ成功してみせるでござる！」

固く拳を握りしめて決意を新たにする彼女にとって、この村には最高の環境が用意されていた。

屈強な村人たちが集う訓練場。

快適な寝床。

生活のための資金。

「修行場所どころか、住む場所や生活資金まで提供してくれたでござる」

訓練場を自由に使っていいのみならず、そこから一番近い集合住宅の一室を貸してくれた上に、この国の貨幣まで貰ったのだ。

「それがなければ、拙者のこの装備や衣服を売らなければならぬところでござった」

東方の貨幣しか持っていなかった――それも二束三文《にそくさんもん》――ので、手持ちの品を売るか、働き口を見つける必要があっただろう。

縁もゆかりもない地なので、下手をすれば野垂れ死んでいたかもしれない。

しかしこのお金があれば食事も賄《まかな》えるはずだ。

「きっとこの村の方々も、拙者の単身踏破を期待してくれているのでござろう！　サムライとして、是が非でもそれに応えなければならぬでござるな！」

……なお、アカネは知らない。

ここまでお膳立てをしてもらえたのは、彼女が事あるごとに切腹しようとするので「こいつはとっとと成功してもらわないと困る」と思われたからであることを……。

「腹が減っては戦ができぬというし、まずは腹ごしらえをしっかりせねばならぬでござる」

訓練をスタートする前に、空腹を満たすことにしたアカネ。

考えてみれば、山脈で気を失う前に、現地調達した肉や山菜を食ってから何も食べていない。お陰で先ほどからずっと腹の虫が鳴り続けている。

そうして彼女は屋台や飲食店が並ぶ通りにやってきた。

「お、お店がいっぱいでござる！」

故郷の有数な繁華街ですら、これほどの店と大勢の人は見かけないだろう。あまりの賑わいぶりに圧倒されてしまう。

だがそれよりも彼女を驚かせたのは、漂ってくる匂いだった。

「なんといい匂いでござるか……じゅるり」

香ばしい匂いに甘い匂い、それに刺激的な匂い。

食欲をそそる匂いの数々に、アカネの口の端から涎《よだれ》が垂れてくる。

「それに見たことのない食べ物がたくさん並んでいるでござる！」

匂いに誘われるように屋台に近づいてみると、東方にはない料理が幾つもあった。

そのうちの一つ、キツネ色で拳大サイズの謎の塊《かたまり》について、屋台の主人に訊いてみる。

「これはなんという料理でござるか？」

「荒野の村名物、ミノタウロス肉入りのコロッケだよ！」

「コロッケ……？」

「知らないのかい？　そいつは人生の半分を損してるね！」

そこまで言われたら食べるしかない。アカネは早速コロッケを一つ購入すると、その場でかぶりついた。

サクッ、じゅわっ……。

「～～～～～～～～～～～～～～っ!?」

全身に衝撃が走る。

「ななな、なんだこの美味さは!?　肉汁が口の中に溢れ出してくるでござる！　しかもこの甘みはっ……まさか、じゃがいもでござるか!?　こんなに甘いじゃがいもは食べたことないでござるよ！

しかも外側はサクサクしていて、食感まで楽しめるでござる！」

驚愕したアカネはそのままぺろりと完食してしまう。

「も、もう一個！　もう一個欲しいでござるよ！」

「あいよ！」

しかし彼女に衝撃を与えたのは、コロッケだけではなかった。

ハンバーグ、ラーメン、餃子《ギョウザ》、トンカツ、カレー、フライドチキン、ピザ……。

さらには故郷にはなかった甘い食べ物の数々。

クッキー、ケーキ、シュークリーム、チョコレート、ドーナツ、アイスクリーム……。

「もぐもぐ、これも美味いでござる……っ！　もぐもぐもぐ、これも！　もぐもぐもぐ、こっちも……っ！　もぐもぐもぐもぐ、この村には美味しい食べ物しか存在しないのでござるか!?

もぐもぐもぐもぐもぐもぐもぐ……」

そうして毎日色んな料理を食べまくっていると、あっという間に資金が枯渇してしまった。普通の人の数倍もの量を食べていたのだから当然だろう。

「一か月分と言われていたのに、一週間で使い切ってしまったでござる……っ！　とはいえ、こんなことで金を無心するなど、サムライの恥っ……だが残る三週間、無一文で過ごすのは不可能……

何より、もっともっとこの村の料理を食べたいのでござるうううううううううううっ！」

こうなったら働いて稼ぐしかないか……と考えていたときだった。

いつもよく行く飲食店街で、彼女はあるものを発見する。

「む？　何でござるか？　大食い大会……？」

とある店のドアに張り付けてあったチラシ。そこに書かれていたのは、大食いを競う大会の参加者を募集しているとの情報だった。

どうやらこの村では定期的に開催されている大会らしく、アカネはその詳しい内容を食い入るように読んでいく。

「なんと、タダで好きなだけ食べることができるでござるか!?　しかも優勝すれば、賞金まで貰えると!?　こ、これしかないでござる！」

今の彼女にとって渡りに船だった。むしろ彼女のために用意された大会なのではないかと思ってしまうほど。

彼女はすぐに出場を申し込むことに。

運営委員会に駆け込むと、申込期限がとっくに過ぎていると言われてしまったが、

「この大会に出れぬとなったら、拙者は腹を切って死ぬしかないでござる！」

涙ながらにそう訴えると、特例で出場が認められることになった。

「本当でござるか!?　ああっ、この村の人たちは本当に人格者ばかりでござる！」

「（すぐ目の前で腹を掻き切ろうとされて、そりゃ断るなんてできないだろ……）」

……もちろん運営側としては、まさしく断腸の思いだった。

そして大会当日。

いかにも大食い自慢といった出場者たち十一名が集う中に、明らかにげっそりした様子のアカネの姿があった。

「あれから二日間、飲まず食わず……早く、早く食べたいでござる……っ！」

資金が底をついてしまって以来、何も食べていないのだ。大会で出される料理のものだろう、美味しそうな匂いが漂ってくるだけで涎が止まらない。

大勢の観客が見守る中、ついに大食い競争がスタートする。

一斉に運ばれてきたのは、湯気が立ち昇る熱々のラーメンだった。

「美味そうでござるうううううううううっ!!」

この村で初めて食べた料理だが、アカネの大好物の一つである。

その熱さに他の出場者が苦戦する一方、彼女は火傷《やけど》など意に介さず、猛スピードで麺《めん》をすすっていった。

「ずるずるずるずるっ！　おかわりでござる！」

真っ先に一杯目を食べ終わると、すぐに二杯目が運ばれてきた。

そうして彼女は食べて食べて食べまくった。

「ずるずるずるずるっ！　おかわりでござる！」

豪快な食べっぷりに、会場が大いにどよめく。

「す、凄いぞ、あの娘！」

「いま何杯目だ!?　もう五杯目!?」

「だが巨漢ばかりの他の出場者たちと違って、女の華奢《きゃしゃ》な身体だ！　食べるのは速くても、もうそろそろ胃袋は限界だろう！」

「いや、まったくスピードが衰《おとろ》えないぞ!?」

「まだ制限時間は半分以上残ってるのに、すでに八杯目だぞ！　どこまで記録を伸ばすんだ!?」

後半戦に入っても、アカネの爆食い速度は衰える気配を見せない。

そのままアカネが首位を独走するかと思われたが、そんな彼女を猛追する出場者がいた。

「ん、おかわり」

それは小柄なドワーフの少女、ドナだった。

見かけによらず大食いな彼女は、淡々と麺をすすり続け、終盤戦でさすがに少しペースが落ちてきたアカネを徐々に追い上げていく。

「くっ……サムライの誇りにかけて、ここで負けるわけにはいかぬでござるっ！」

一体これがどうサムライの誇りに繋がるのか不明だが、アカネは限界を超えて食べ続ける。

そうして終了の合図が鳴り響いた。

最終的な記録は……アカネが十五杯、ドナが十四杯。

アカネの優勝だ。

計測が終わって優勝者が宣言された瞬間、会場が盛大に沸いた。

「「「うおおおおおおおおおおおおおおっ!!」」」

響き渡る地鳴りのような大歓声。

「か、勝ったでござる……っ！　拙者はサムライの誇りを護《まも》ったでござる！　げふっ」

げっぷと一緒に口から麺が溢れ出しそうだったが、サムライの矜持でどうにか耐えるアカネ。

そうして賞金をゲットした彼女はそのお金を使って、この村の名物料理の数々を、修行そっちのけで食べまくり続け――

「めちゃくちゃ太ってしまったでござるうううううううううっ！」

弟に関取と間違われてしまうほど、肥えてしまったのだった。

あとがき

こんにちは。九頭七尾です。

「村づくり」の第6巻、いかがだったでしょうか？

SQEXノベルさんの創刊と同時に第1巻が発売されてから、早くも二年。WEBで連載を始めてからだと、ほぼ三年が経ちました。

まさかここまで続けられるとは思っておらず、望外の喜びです。また素敵なコミカライズもしていただきまして、本当に恵まれているなと感じております。

各方面に感謝しながら、これからも頑張っていきます！

さて、今巻では一気にたくさんの国が出てきました（新しい地図も載せてもらいました）。

あちこちに出張した村メンバーたちですが、今回はせっかく登場した国々をそこまで掘り下げられなかったので、次巻ではその辺りをやりつつ、また新たな展開なども描ければなと思っています。

もしかしたら久しぶりにあの人も登場するかも……っ!?


最後になりましたが、謝辞です。

ここまで読んでくださっている読者の皆様、改めて本当にありがとうございます。

そしてイラストを担当してくださったイセ川ヤスタカ様、そして担当編集のＩ氏をはじめ、出版に当たってご尽力いただいた関係者の皆様、今回もお世話になりました。

また次巻でお会いできれば嬉しいです。

九頭七尾

追伸　コミック版「村づくり」の単行本、第3巻が同時発売です！
　　こちらもぜひよろしくお願いします。

万能「村づくり」チートでお手軽スローライフ
村ですが何か？
スクエニのマンガアプリ
マンガUP!にて
コミカライズ大好評連載中!
https://magazine.jp.square-enix.com/mangaup/

コミックス①～③巻も
好評発売中!!
原作：九頭七尾・イセ川ヤスタカ
漫画：蚕堂j1

SQEX ノベル

万能「村づくり」チートでお手軽スローライフ ～村ですが何か?～ ⑥

著者
九頭七尾

イラストレーター
イセ川ヤスタカ

2023年5月6日　初版発行

発行人
松浦克義

発行所
株式会社スクウェア・エニックス
〒160-8430
東京都新宿区新宿6-27-30　新宿イーストサイドスクエア
(お問い合わせ) スクウェア・エニックス　サポートセンター
https://sqex.to/PUB

印刷所
中央精版印刷株式会社

担当編集
稲垣高広

装幀
冨永尚弘 (木村デザイン・ラボ)

ISBN978-4-7575-8560-7 C0093　Printed in Japan